CHARLES BERNADOU

ZAZPIAK BAT

Se
vend
au
profit

JUSTICIA CONTRA HECHOS MAL

ZAZPIAK BAT

des
Écoles
Chrétiennes
libres

BAYONNE

IMPRIMERIE ET LIBRAIRIE L. LASSERRE

rue Gambetta, 20.

1895

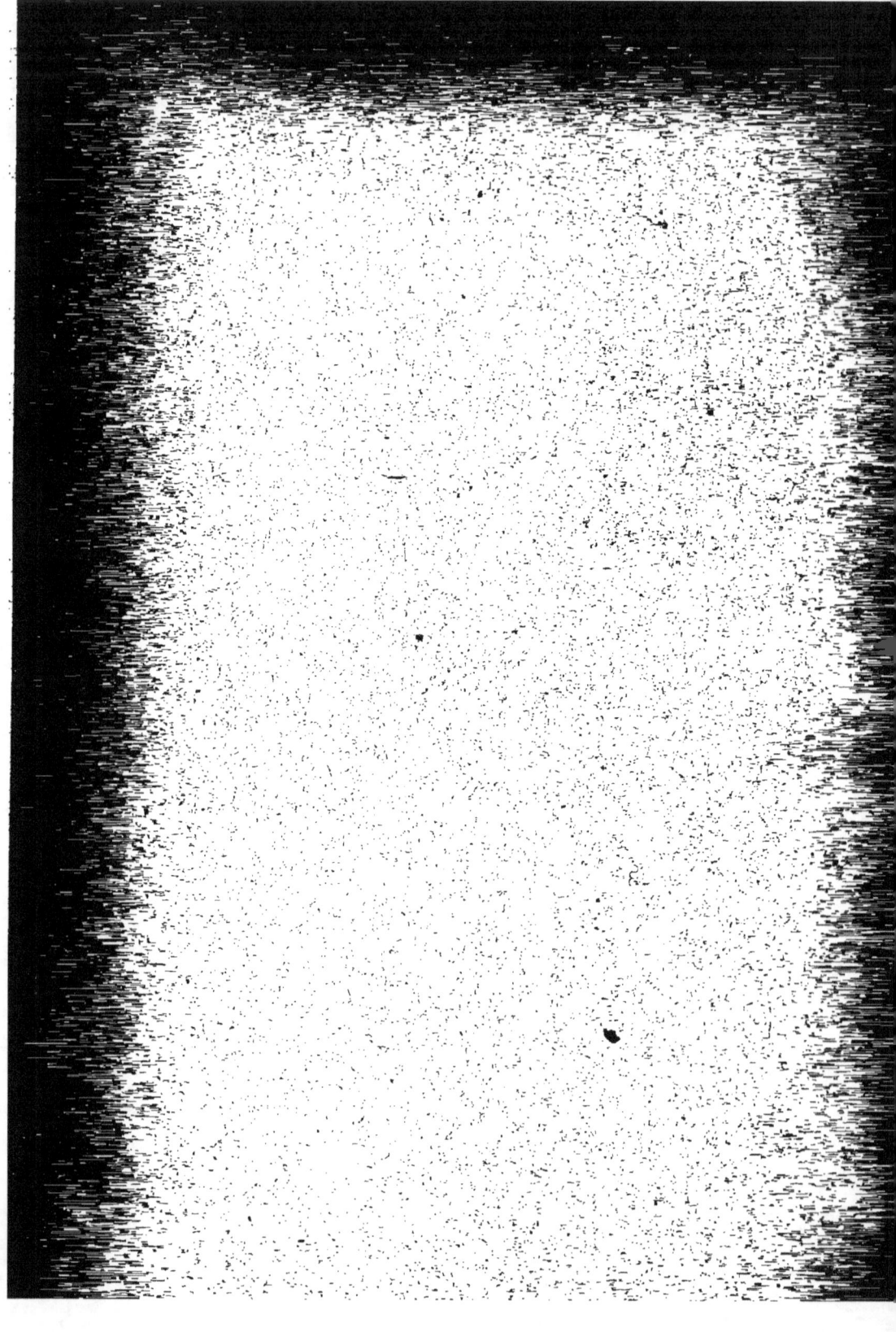

À M. antoine d'Abbadi

respectueux hommage

Le Bernadou.

ZAZPIAK BAT

ZAZPIAK BAT

PAR

CHARLES BERNADOU

ZAZPIAK BAT

BAYONNE

IMPRIMERIE ET LIBRAIRIE L. LASSERRE

rue Gambetta, 20.

—

1895

A Monsieur le Docteur A. Goyeneche

Maire de Saint-Jean-de-Luz

Respectueux hommage

C. B.

Est-il vrai que, grâce aux chemins de fer et aux télégraphes, les Basques et leur langue et leurs traditions vont être bientôt envahis et anéantis, au nord par les Français, au midi par les Espagnols? Nous n'en croyons rien; et pour donner aux sceptiques et aux esprits chagrins une nouvelle preuve de la puissante vitalité de nos amis, nous réunissons ici quelques impressions toutes récentes et publiées par la SEMAINE DE BAYONNE.

Ces chants harmonieux et vifs ne sont pas chants de cygne, pas plus à Saint-Jean-de-Luz qu'à Azpeitia ; et nos amis de France, trop épris de centralisation savante, auraient plus d'une leçon à recevoir des Basques espagnols. Que n'avons-nous à Bayonne, sans aller plus loin, un peu de l'initiative et de l'audacieuse sagesse qui depuis trente ans à peine ont rajeuni, transformé, agrandi Saint-Sébastien et Bilbao !

Donc, gloire aux Basques, et puissent-ils célébrer toujours avec le même feu cette alliance de la Religion et de la Liberté si féconde chez eux, si vainement désirée chez nous !

C. B.

I

LES FÊTES BASQUES

DE

SAINT-JEAN-DE-LUZ

(26-29 Aout 1894)

I

De la Mairie à l'Église

Danseurs et Poètes

Les fêtes basques de Saint-Iean-de-Luz viennent de s'achever si brillamment que nous nous
faisons un doux devoir de les raconter en détail
et de dire bien haut que le but poursuivi par
le docteur Goyeneche, maire de la ville, et son
conseil municipal a été, comme il y a deux ans,
pleinement réalisé : comme en 1892, Basques Espagnols et Basques Français se sont fraternellement embrassés, et les sept provinces sœurs — Navarre, Biscaye, Alava et Guipuzcoa ; Soule, Basse-
Navarre et Labourd — ont tressailli en applaudis-
sant leurs poètes toujours féconds, leurs danseurs
toujours gracieux et lestes. les acteurs de pastorale
toujours fidèles aux traditions et aux chants harmonieux de ces antiques chansons de geste.

Nous arrivions à Saint-Jean-de-Luz dimanche
26 août à 2 heures en nombreuse et joyeuse compagnie, où Gascons de Bayonne et Basques de
tout le département se rencontraient à la gare avec
les Guipuzcoans et Navarrais. Nous visitons tout

d'abord la ville et sommes surpris et charmés, quelque peu attristés aussi, de la voir si profondément transformée depuis vingt ans.

Au lieu de la petite ville calme et paisible, doucement endormie dans ses glorieux souvenirs du mariage de Louis XIV, nous trouvons une ville aux grandes allures, aux larges avenues, aux maisons superbes et gracieuses, aux hôtels grandioses attirant et retenant l'étranger, nobles hidalgos ou Anglais raides et compassés. Il y a vingt ans, la maison de l'Infante, les maisons de Louis XIV et de Mazarin, çà et là quelques curieux hôtels de corsaire aux murs sombres, à la tour élevée, enthousiasmaient les archéologues : la grande promenade était l'*estacade* aux courbes dangereuses, et l'établissement plus que modeste des bains de mer se composait de cabanes en toile très pittoresques, mais peu confortables. A la place du marché et de la gare, de vastes estuaires ou bassins avoisinaient les usines et pêcheries de thon et sardines.

Les usines se sont fermées, le thon et la sardine ont depuis longtemps fui les fabriques désertes pour prendre le chemin de fer et gagner les villes d'intérieur et même Marseille. Les vieux pêcheurs de Saint-Jean-de-Luz ne seront bientôt plus qu'un glorieux souvenir comme leurs pères, les hardis corsaires et les fiers armateurs du grand siècle. La ville des marins, l'antique *Lohitzun*, est devenue une délicieuse ville de plaisance et de bains de mer, heureuse rivale de Biarritz et de Saint-Sébastien.

L'estacade a été renforcée d'un seuil de garantie, large quai se prolongeant en courbe gracieuse presque jusqu'à Sainte-Barbe, et sur lequel nous lisons les noms des deux ingénieurs qui ont conçu et exécuté ce beau travail — deux noms bien sympathiques aux Bayonnais —, MM. Daguenet et Stœcklin. Un peu en arrière du quai, se sont élevés des casinos, des hôtels, des chalets ; un coquet établissement de bains se dresse à peu près au milieu de cette courbe, et tout en face, à l'horizon, la longue et haute digue de l'Artha, entre les hauteurs et digues de Sainte-Barbe et du Socoa. Grâce à cette digue, la magnifique baie de Saint-Jean-de-Luz est à la fois plus abordable aux navires, et plus aimable aux baigneurs, les grandes vagues du large venant doucement mourir sur le sable fin.

Deux gros vapeurs et quelques barques coquettes se balancent sur les vagues bleues ; mais il n'est pas l'heure du bain encore, et seuls quelques étrangers aspirent à pleins poumons la bonne brise du nord-ouest, abrités du soleil par une longue rangée de tentes et de parasols blancs et roses, qui sont d'un charmant effet.

En rentrant en ville, nous jetons un coup d'œil sur l'église : seule elle n'a point changé, et c'est bien toujours, grâce à Dieu, l'une des plus belles du Labourd, avec sa large et belle voûte, les riches rétables de ses cinq autels où nous retrouvons la belle toile de Restout, les trois rangs de galeries, le naïf tableau du *Jugement de Pilate*. Et comme tout ici respire le calme, la paix, le recueillement, et aussi quelle exquise propreté !

.˙.

Mais il est quatre heures, et la foule déjà se presse sur la place de Louis XIV, pour assister au défilé du cortège : en tête les clairons, tambours, et fanfare essaient quelques accords, les jeunes danseurs d'Andoain, les danseurs de Tardets aux brillants costumes, à la coiffure étincelante, se rangent à la suite, escortés par une trentaine de superbes gaillards du quartier d'Accotz, vraie garde d'honneur du Maire, coiffés du berret bleu au pompon tricolore et portant des makhilas. Les sapeurs-pompiers viennent après les gens d'Accotz, et les drapeaux des sept provinces basques aux vives couleurs rouges étincellent sous les arbres. Enfin, le Maire et une partie du conseil municipal descendent l'escalier de la mairie, encadré de verts feuillages et de lauriers, la fanfare entonne la *Marche des Drapeaux,* et tout le monde suit, le long de cette Grand'Rue de Saint-Jean-de-Luz dont presque toutes les maisons, quelques-unes fort belles et rajeunies, sont ornées de drapeaux, de guirlandes, de verdure, de lanternes vénitiennes pour l'illumination du soir. De loin en loin, sur les mâts à banderoles et aussi à quelques fenêtres, les vieilles armoiries de Saint-Jean-de-Luz étincellent : mi-partie de gueules au lion d'or et d'azur à la crosse d'argent rappelant la suzeraineté des Evêque et chanoines de Bayonne : en chef un navire toutes voiles au vent.

Le maire et son conseil prennent place dans l'église au banc d'honneur, sous la galerie de droite, en face de la chaire, et bientôt éclate, majestueux et imposant, le chant du *Magnificat* accompagné par l'orgue et par des roulements de tambour.

A la suite des vêpres, M. l'abbé Elissague, curé de Saint-Jean-de-Luz, salue dans une vibrante et toute patriotique allocution M. le maire et messieurs du conseil municipal, et les remercie d'avoir voulu conserver à ces fêtes euskariennes leur religieux caractère; car de tout temps le Basque a aimé d'un même cœur son pays et son Dieu : c'est là le secret de son courage à ne; courber jamais la tête devant la puissance romaine. Converti et évangélisé dès les premiers siècles du christianisme par saint Amand, saint Julien, saint Léon et tant d'autres, il devint ce qu'il est encore, grâce à Dieu, un des peuples les plus chrétiens de France et d'Espagne; ni le protestantisme, ni la Révolution, n'ont pu éteindre en lui cette foi ardente et vive, cet esprit de soumission à la sainte Eglise du Christ.

Aussi, comme chez ce peuple unique et sur les

deux versants des Pyrénées, les jeux ont un cachet tout chrétien ! Danses héroïques ou champêtres, jeu de pelote, tout y est simple et noble, et voilà pourquoi des prêtres peuvent toujours y prendre part.

Sachons donc, conclut l'éloquent curé, demeurer toujours fidèles à ces nobles, à ces pures traditions basques, qui font de ce coin privilégié une seule nation ; et pour ce, n'oublions pas d'être avant tout et toujours des chrétiens sincères, vrais et complets.

La bénédiction du Très Saint Sacrement couronne cette belle cérémonie, et alors toute l'assistance, depuis la vaste nef garnie de dames et demoiselles jusqu'aux trois galeries pleines d'hommes et d'enfants, chante en chœur un superbe *Tantum ergo* d'une admirable expression de foi simple et vraie.

Le cortège se reforme, les fanfares et tambours reprennent leurs notes entraînantes, on remonte la Grand'Rue, et l'on arrive bientôt dans la grande cour du Pensionnat Sainte-Marie.

La foule y est déjà nombreuse, attendant avec impatience, sous un vif soleil. Le théâtre se dresse sur un des côtés avec ses draperies, l'écu du Labourd flanqué des écus de Guipuzcoa et de Biscaye et surmonté des drapeaux des sept provinces sœurs : tout à côté une petite estrade où ont déjà pris place les *gaïteros* de Navarre ; sur trois côtés de la vaste cour, des gradins ; au devant, les places d'honneur, quelques fauteuils, quelques chaises et des bancs commodes ; d'aimables jeunes filles et de petits bonshommes offrent aux assistants un excellent supplément du journal l'*Eskualduna*, vrai recueil de ce que historiens et critiques ont dit de mieux sur les Basques, et un délicieux programme de la fête avec force enluminures. Ce programme est vraiment digne des mirobolantes affiches jaunes et rouges qui s'étalent un peu partout sur les murs.

Bientôt arrivent la reine Nathalie de Serbie, fort gracieuse, et M. Antoine d'Abbadie portant fort allégrement ses années, qui tous deux veulent bien présider à ces fêtes : à leurs côtés prennent place M. le maire et Mme Goyeneche ; Mme Antoine d'Abbadie ; M. Charles Petit, conseiller à la cour de cassation, demeuré toujours fils ardent de Saint-Jean-de-Luz ; M. Salaberry, de Mauléon, le barde bien connu de la Soule ; M. Etcheverry, ancien député ; M. Henry de Larralde-Diustéguy, conseiller général et maire d'Urrugne, qui a gracieusement offert son beau château d'Urtubie à la reine de Serbie pour tout le temps de ces fêtes ; M. Léon Bonnat, l'éminent peintre bayonnais ; M. Bordes, maître de chapelle de Saint-Gervais, qui travaille depuis déjà quelques mois à recueillir et à noter tous nos airs basques ; M. le baron de

la Torre, maire de Saragosse; M. Campion, député
de Pampelune ; M. Arzac, directeur de l'*Euskal-
Erria* de Saint-Sébastien ; M. de Jaurgain, l'émi-
nent héraldiste de la vallée de Soule; Jacques
Curieux, l'aimable et spirituel correspondant du
Nouvelliste de Bordeaux, d'autres encore.

M. le maire Goyeneche et son adjoint, M. Lar-
rea, se multiplient pour tout organiser, et enfin
les *gaïteros* navarrais ouvrent cette première
séance par une marche majestueuse à laquelle
répondent les *tamborileros* et joueurs de flûte
d'Andoain précédant les douze jeunes danseurs.

Ceux-ci sont coiffés du berret rouge et portent
un gracieux et pimpant costume : veste bleue à
galons d'argent, culottes blanches, bas blancs et
alpargates blanches coquettement attachées à la
cheville par des rubans rouges entrecroisés ; ils
sont précédés d'un choryphée à la figure grave,
Don Justo Iraztorza, coiffé aussi de la *boina roja,*
mais portant une superbe veste rouge à parements
d'or et la culotte bleue ; de sa main droite il
brandit une courte canne à pomme d'argent ornée
au bout d'un minuscule drapeau espagnol. A la
suite de la troupe marche avec une amusante
assurance un charmant bambin de six ans qui porte
avec crânerie même costume que le choryphée.

Avec une grâce, une légèreté et un ensemble
parfaits, les enfants exécutent une première danse
de bienvenue, *erreverencia,* les trois tambolaris
marquent les pas, les jetés battus, les sauts, et les

enfants répètent avec une étonnante précision ces mouvements d'ensemble, ces croisements multiples qui, à maintes reprises, soulèvent les applaudissements.

Les quatre danseurs de Tardets occupent la scène à leur tour, et jamais contraste plus complet et mieux réussi : au pas guipuzcoan, harmonieux et grave toujours, succède le pas souletin à la vive allure. Rien d'étrange non plus comme le costume des danseurs et l'orchestre souletin : les quatre portent des culottes jaunes à bandes d'or, la veste rouge chamarrée d'un vaste plastron jaune aux multiples rubans; sur leur tête se dresse un haut et large skako de fleurs mêlées de petits miroirs qui leur donne l'air des anciens Incas. Quant à l'orchestre, c'est la flûte (*chirola*) et le tambourin accompagnés d'un infatigable tambour.

Les danseurs partis, six poètes improvisateurs gravissent l'estrade, et l'un d'eux, Çubiat-Iribarne, salue gracieusement sur un ton de mélopée grave la Reine de Serbie, M. Antoine d'Abbadie, le *père des Basques,* M. Goyenèche, le vaillant maire, et l'aimable ville de Saint-Jean-de-Luz. Puis deux par deux ils luttent d'imagination et d'harmonie, improvisant toujours et chantonnant sur un ton traînant des strophes de huit vers.

Laboureur et berger vantent chacun leur profession. Le berger chante la montagne, et le ciel bleu, et l'indépendance; le laboureur préfère la plaine et ses moissons fertiles : ici, pas d'orage à craindre, et d'ailleurs que ferait le berger s'il ne pouvait descendre pour vendre son fromage? — Oui, mais que ferait le laboureur sans le berger? Il se faut donc entr'aider sans se jalouser, concluent nos deux bardes.

Même lutte, mais conclusion différente, entre le célibataire et l'homme marié. Quoi de plus indépendant qu'un garçon? N'est-il pas toujours maître chez lui et au dehors? — Oui, mais à quel prix? répond l'autre. Ton foyer est toujours vide, et tu es l'esclave de tes domestiques. — Et toi, de ta femme; car enfin, tu n'as pas épousé un ange — il n'y en a plus ici-bas! — et alors, jamais de tranquillité au foyer. — Et toi, y es-tu donc si tranquille? Toujours à courir, tu cherches au dehors ce que tu n'as pu créer chez toi, le bonheur. — Bast! conclut philosophiquement le garçon, j ai toujours bon vin dans ma cave et bon pain dans la niche.

Entre l'homme aux souliers et l'homme aux sabots, la lutte pour le concours d'honneur est plus vive. Comment, malheureux, tu en es encore à porter sabots?... Mais tu ne peux jamais aller aux fêtes, et comme nous venir saluer tout ce monde aimable! — J'aime mieux le coin de mon feu. Vive la liberté! — Malheureux! tu ne feras jamais fortune...

A maintes reprises, ces saillies plus ou moins heureuses et dont nous ne pouvons, on le comprend, donner qu'un écho bien affaibli, soulèvent les applaudissements et les rires; car, malgré la rapidité de l'improvisation, la grande majorité des Basques de céans comprend à merveille ces poètes, encore que quelques-uns ne soient pas Labourdins. Voici le nom des vainqueurs de cette lutte épique et les récompenses décernées par MM. Sallaberry, de Jaurgain et Broussain, membres du jury :

A Duhaldebéhère, de Sare, le premier prix et 50 francs;

A Çubiat-Iribarne, de Béhorléguy, le deuxième prix et 30 francs;

A Iribarne, de Saint-Jean-le-Vieux, le troisième prix et 15 francs;

A Etcharren, d'Irouléguy, le quatrième prix (d'encouragement), 5 francs.

Viennent ensuite les concurrents pour les *irrintzinas*, ces cris stridents et harmonieux, quoi qu'en pensent les Parisiens, que se jettent les Basques au retour d'une fête dans nos vallées. Ils étaient six, et deux prix ont été décernés : un premier prix de 15 francs à Harostéguy, de Guéthary, et un deuxième prix de 10 francs à Peñeguy, d'Urrugne... Mais il le faut avouer, soit que ces braves gens fussent intimidés par les rires et les regards plus ou moins moqueurs des assistants, soit que *l'irrintzina* ne soit vraiment harmonieux qu'à travers monts et vallées, les cris stridents de nos Labourdins ne nous ont pas parus dignes des vieux Eskualdunacs. Un de nos voisins nous console toutefois : il para.t que les vrais *irrintzinas* sont ceux de Saint-Jean-Pied-de-Port et d'Iris-sarry, et ils ne sont pas prêts de disparaître !

La fin de cette première séance est saluée par les accords des *gaïteros*, et la fanfare salue à son tour à leur départ la Reine de Serbie et M. d'Ab-badie.

. .
.

La nuit venue, toutes les lanternes vénitiennes brillent aux balcons ; la place Louis XIV, avec son kiosque élégant, est éclairée *à giorno;* sur le port une vingtaine de barques et le *Nautile,* petit va-peur de l'Etat, amarré près de l'ancien couvent des Récollets s'illuminent de mille feux. Bientôt arrivent *gaïteros,* tambourins et fanfare. M. Bi-cendaritz, le chef actif et intelligent de la fanfare luzienne, conduit un orphéon quasi improvisé qui exécute avec ensemble de charmants chœurs bas-ques. Parmi ces airs, le *Guernicaco Arbola* est cou-vert d'applaudissement et bissé.

Et les danses de reprendre autour du kiosque, le fandango luzien alternant avec le bolero. Heu-reuse jeunesse !

II

La Partie de Paume au Rebot
Les jeunes Danseurs d'Apdcain

Le lendemain, lundi 27 août, deux spectacles bien différents, mais de la plus pure tradition basque — une partie de pelote au rebot et des danses guipuzcoanes et souletines —, attiraient plus de monde encore que la veille à Saint-Jean-de-Luz, et les trains du matin déversaient sur les places et rues de nombreux groupes de Français et d'Espagnols accourus de Saint-Sébastien, Biarritz et autres lieux. Parmi les nouveaux venus beaucoup de prêtres — curés et vicaires — des paroisses voisines et même de Soule et de Basse-Navarre, justifiaient par leur présence combien M. le curé de Saint-Jean-de-Luz avait raison la veille de dire la légitime et vive sympathie du clergé pour ces fêtes traditionnelles.

A dix heures la vaste et belle place du jeu de paume voyait ses gradins à peu près garnis, et vers dix heures et demie la reine Nathalie occupait le fauteuil de la présidence, ayant à ses côtés, comme la veille, M. Antoine d'Abbadie et l'élite des Basques Espagnols et Français. Une foule de dames et demoiselles, en gracieuses et claires toilettes d'été, rayonnait du haut de cette tribune d'honneur comme un délicieux bouquet de fleurs encadré de rouges draperies ; toujours gracieux et empressés, M. le maire Goyeneche, M. Henri de Larralde-Diustéguy et autres, faisaient dignement les honneurs de leur cher Saint-Jean-de-Luz. A droite et à gauche de la tribune d'honneur et en face, sur les longs gradins, les spectateurs attendaient anxieux et impatients : il s'agissait, en effet, d'une grosse et sérieuse partie au *rebot*, l'antique jeu national si malencontreusement délaissé en France comme en Espagne, depuis quelques années, pour le vulgaire jeu de *blaid*. Quatre Espagnols devaient lutter contre cinq Français, et les paris s'engageaient, car des deux côtés il y avait de redoutables jouteurs, déjà vainqueurs en maints combats et déjà célèbres.

Ils apparaissent bientôt, Irun, *El manco* (le manchot), Beloqui, Choperena portant le brassard rouge du camp espagnol ; Chilhar, Otharré, François Larronde, Chiqui, décorés du brassard bleu clair du camp français.

Dès le premier point, la lutte s'engage très vive : Chiqui se montre butteur redoutable, et à diverses reprises Otharré se maintient à la hauteur de sa vieille réputation par la vigueur et l'élégance avec lesquels, du fond de cette place de cent mètres et plus de longueur, son *chistera* renvoit la balle au rebot. Les connaisseurs cependant, c'est-à-dire tous les Basques, tout en admirant ces envolées de balles décrivant d'un bout à l'autre de cette longue place de longues et gracieuses courbes, préfèrent les coups droits, les finesses du but et des *chasses*. Parfois il y a un coup douteux, les juges délibèrent et le marqueur proclame le résultat en chantonnant doucement. Parfois aussi une traître balle vient désagréablement surprendre un spectateur. Le dénouement se dessine bientôt : le *Manco* et surtout Irun sont plus jeunes, plus vigoureux que leurs adversaires; ils l'emportent, trop vite au gré des Français qui encouragent de leurs cris nos trop vieux lutteurs : les Espagnols gagnent quatre jeux, la partie s'égalise à six, mais à partir de là, par une série de coups d'adresse encore plus que de force, et où le terrible *Manco* se montre admirable, les Espagnols l'emportent haut la main.

Tout à coup les clairons résonnent, aux premiers tintements de l'*Angelus* nous arrivant du clocher de l'église à travers un ciel d'une merveilleuse pureté : tout le monde se découvre et fait le signe de la croix. Les étrangers, surpris, témoignent de leur admiration pour cet acte de foi, si simple et si grandiose.

La partie reprend de plus belle, mais malgré tous leurs efforts, Otharré, Chilhar et leurs compagnons doivent s'avouer vaincus. A nos côtés, de braves gens et aussi quelques jeunes filles de Sare (des compatriotes!) déplorent cette défaite, et c'est en vain que pour les consoler nous leur rappelons l'antique gloire du Labourdin Gascoïna, battant victorieusement sur la grande place d'Irun les plus célèbres Guipuzcoans.

Le jury, composé pour toutes les parties de paume de ces fêtes, de trois Espagnols et de trois Français, D. Arocena Fermin, José Urbistondo et Martin Cesario ; MM. de Saint-Jayme, Elissague et docteur Dourisboure se réunit, et, sur sa décision, M. le Maire proclame du haut de la tribune d'honneur la victoire des Guipuzcoans : 750 francs sont donnés aux vainqueurs, et les deux meilleurs joueurs de chaque camp se partagent une bourse brodée, fort élégante, offerte par la Reine de Serbie ; la bourse et 50 francs sont donnés à Irun ; 50 francs à Otharré.

Ce jeu de paume au rebot, pour le dire en passant, est un noble jeu qu'à l'exemple de M. le maire de Saint-Jean-de-Luz tous nos maires, châtelains et riches Escualdunacs doivent encourager de leur mieux et faire revivre. C'est aussi un jeu très compliqué, difficile à comprendre et à suivre pour les profanes. Au moment même de ces fêtes, un de nos amis, à la fois poète et critique, mais surtout Basque enthousiaste comme ils le sont tous — et à si bon droit ! — a publié une très intéressante notice sur ce jeu national qui donne la clef de bien des mystères et que nous recommandons aux *aficionados* (1).

(1) *Notice sur le Jeu de Paume au rebot, jeu national des Basques, le plus beau jeu du monde* (avec figures). Bayonne, Lasserre, 1894 ; brochure de 20 c.

∴

Pour être complet, notons ici deux omissions regrettables sans doute, mais qui prouvent en somme avec quel intérêt passionné tous les Basques, depuis le maire jusqu'au plus humble *muthila,* suivaient les péripéties de cette partie de rebot.

La fanfare luzienne, qui aurait dû saluer l'entrée et la sortie de la Reine et marquer le chassé-croisé des deux camps changeant de place, est demeurée héroïquement muette sur ses bancs : heureusement que les excellents *gaïteros* navarrais reprenaient, de loin en loin, leurs belles mélodies.

C'est aussi devant ce grand public, en majorité composé de Basques, qu'auraient dû être proclamés les noms des vainqueurs du concours de poésie, et qu'une voix sympathique et bien timbrée aurait dû lire, suivant l'usage antique et solennel, le premier de ces poèmes. Que nos lecteurs nous permettent de suppléer ici à cette omission regrettable et de dire les résultats de ce concours.

Parmi les nombreuses pièces reçues depuis quelques jours à la mairie, le jury composé de M. Goyeneche, maire de Saint-Jean-de-Luz (à la place de D. Tirso de Olazabal empêché), du poète hors concours Zalduby et de M. Campion, député de Pampelune et linguiste distingué, a choisi quatre

petits poèmes et a décerné les récompenses suivantes :

Un premier prix de 100 fr. aux deux Basques
labourdins, auteurs des *Escualdunac,* dont les
belles strophes, par leurs pensées élevées, leur
harmonie, leur ardent patriotisme, ont ravi tous
les suffrages.

Un second prix de 50 fr. à D. Bonifacio Etchegaray, de Saint-Sébastien, dont l'œuvre est un
vrai poème en quatre chants : *Euskal-Erria,
bere oitura, usantza eta libertade zarrak* (le Pays
Basque, ses origines, ses traditions, ses vieilles
libertés). Avec un grand bonheur d'expression et
de vifs sentiments patriotiques, le poète *Donostia-
ria* a su décrire les fêtes, les danses, les chants et
les *fueros* de son pays, et aussi les douces joies et
les tristesses de la famille.

Deux mentions honorables ont été décernées
(avec 50 fr. à chacun) :

1° Au chantre de Baïgorry, Pierre Dibarrart,
dont le poème *Eskuara, Eskualdunak eta heyen
loriak* (L'Escuara, les Basques et leur gloire) est
une ode pindarique d'un lyrique enthousiasme;

2° A Joannès Oxalde, le poète octogénaire de
Bidarray, qui, à 81 ans, a donné un chant nouveau
(*Khantu berriak*) digne de sa vieille gloire.

Nos lecteurs trouveront ci-après quelques-uns
de ces chants (texte et traduction) (1).

(1) Voir l'*Appendice.*

Honneur aux poètes basques : jeunes et vieux savent nous prouver, chaque année, que leur verve est toujours féconde, leurs chants toujours harmonieux et inspirés par les plus purs sentiments patriotiques et religieux !

.·.

A quatre heures et demie, dans la grande cour du Pensionnat Sainte-Marie, une affluence tout aussi nombreuse que la veille vient applaudir les danseurs de Guipuzcoa et de Soule, et admirer leur souplesse, leur légèreté et surtout leur merveilleux ensemble.

Ce sont d'abord les douze enfants d'Andoain qui montent sur le théâtre, précédés comme la veille des trois *tamborileros* et conduits par leur coryphée : en queue vient, d'un pas égal et toujours crâne, le petit bambin de six ans. Les deux *chistoularis* jouent de la flûte à trois trous maniée de la main gauche, et de leur droite frappent en cadence sur le tambourin ; le troisième, le *tamborilero* proprement dit, appuie par des roulements de tambour. Les enfants se rangent d'abord immobiles, sur deux files, face au public : aux accords de cette musique d'un caractère si spécial et si harmonieux, le coryphée esquisse d'abord les principales figures de chaque danse, brandissant sa canne ; et tout aussitôt les enfants commencent, développant le thème avec une précision de mou-

vements, de sauts, de pirouettes vraiment surpre
nante.

Ce sont d'abord les danses héroïques : *Espata*
dantza (la danse des épées), *Makill tchikiyac* —
Makill aundiyen (la danse des grands et petits
bâtons), *Brokel dantza* (la danse des boucliers);
les enfants s'attaquent, se poursuivent, se croisent, s'entrecroisent, frappant en cadence de leurs
bâtons tantôt l'un contre l'autre, avec ensemble,
tantôt deux contre deux, quatre contre quatre.

La paix après la bataille, et, pour en célébrer
les charmes, les danses villageoises succèdent aux
danses guerrières : le zortzicua, *Ustayakin* (la
danse des cerceaux), *Cinta dantza* (la danse des
ceintures). On voit les cerceaux se croiser, se
poursuivre, et les spectateurs charmés ont peine à
suivre ces évolutions rapides, gracieuses, et toujours d'une admirable justesse. La danse des ceintures ou plutôt des rubans est surtout étrange : le
coryphée fiche en terre un mât surmonté d'un globe
et d'où pendent douze rubans; les douze enfants,
toujours au son des flûtes et tambourins, et toujours
sautillant, saisissent chacun un ruban et s'entrecroisent d'un mouvement rapide et tournant, enrou-
lant les douze rubans autour du mât; puis, d'un
mouvement contraire, les déroulent et finissent
en se tenant tous par la main. D'un mouvement
vif, le globe s'entr'ouvre et laisse échapper deux
palombes, symbole de joie et de paix.

Ce mât n'est-il pas le symbole de l'arbre de la

liberté euskarienne, l'arbre de Guernica? Les applaudissements éclatent, et aussi, il faut le dire, quelques protestations : quelques Français, de Paris sans nul doute, ne comprennent pas ce gracieux symbolisme et prétendent que cette *Cinta dantza* se voit dans l'Hindoustan. Mon Dieu, c'est possible : ces satanés marins de Saint-Jean-de-Luz, Guetaria et autres ports du golfe cantabrique avaient découvert l'Amérique avant Christophe Colomb; ils ont bien pu aller, avec Elcano, Oquendo et autres, apprendre aux Hindous leurs danses gracieuses.

Un petit détail : les colombes effarouchées ont eu quelque peine à s'envoler, tant et si bien que le coryphée a dû, pour les dégager, grimper à ce mât de cocagne improvisé. Sur quoi, un Basque prétendait que ces colombes devaient être congréganistes et absolument affolées de se voir lancer au milieu des orages du monde.....

..

On rit encore que déjà les *gaïteros* de Navarre succèdent aux infatigables tamborileros de Guipuzcoa; par deux fois le *Guernicaco Arbola* retentit, sentimental et fier; tous les Basques et aussi les Français écoutent debout, découverts, frémis sant d'enthousiasme, le chant héroïque.

Les Souletins viennent à leur tour montrer l'é tonnante souplesse de leurs jarrets : ce sont d'a bord trois ou quatre acteurs de la Pastorale de demain, les *diables,* au tapageur et bizarre costume où le jaune et le rouge pailleté d'or dominent : sauts bizarres, mais toujours cadencés par le *chirola* et le tambour, pirouettes enfin et surtout promenade animée du *saut basque* traditionnel, les diables exécutent les diverses danses sans que jamais pied ou oreille soient en défaut.

A un certain moment, tous les autres acteurs en blouse noire, et parmi eux deux beaux garçons portant crânement la basquine, le barillet et le chapeau marin des cantinières, se mêlent aux diables, et les vingt danseurs, marchant et sautant en cadence, aux accords de l'infatigable *chirola,* dansent un merveilleux saut basque qui soulève des applaudissements frénétiques.

.·.

L'enthousiasme n'est pas moins grand quand reparaissent les enfants d'Andoain pour donner, comme bouquet, quelques danses villageoises et l'*aurrescu* dans toute sa gravité.

Le *jorrai dantza* nous montre d'abord les laboureurs bêchant en cadence, frappant la terre de coups répétés : entre les deux files sont étendus trois *muthilas* recouverts d'une grosse outre enflée et représentant sans doute les fainéants et bohêmes endormis. Les laboureurs se redressent, croisent, toujours en cadence, leurs bâtons, et assom-

ment d'un dernier coup les outres qui gémissent
douloureusement. Et l'assistance de rire et d'applaudir !

Puis l'*arcu dantza* : chaque enfant, tenant en
main un arc enrubanné de papiers jaune et bleu,
le fiche à terre, passe dessous, l'enlève, et les
douze de se mêler, de se poursuivre toujours en
cadence : ceci est gracieux et mignon et rappelle
à s'y méprendre les pastorales enrubanées du
dernier siècle.

Mais avec l'*aurrescu*, la danse redevient grave
et digne des anciens Eskualdunacs. On sait que
l'*aurrescu* est la danse classique des grands jours
en Guipuzcoa et qu'elle tire son nom du chef de
file, l'*aurrescu* (celui qui donne la main) : tous les
danseurs, le coryphée en tête, se tenant par la
main, font d'abord sur un air grave une lente promenade, puis tambourins et flûtes s'animent : le
premier et le dernier des danseurs — l'*aurescu* et
l'*ausescu* — se tournent l'un vers l'autre, se provo-
quant comme à plaisir à qui plus haut sautera.
Après quoi chacun des danseurs, même le charmant *chiquillo*, fait un cavalier seul, le béret en
main, pirouettant et saluant gracieusement les
spectateurs. Les applaudissements redoublent
devant ces gracieux et gentils *muthilas* ; bien
aimable aussi et tout à fait gentil le *chiquillo*, qui
comme la veille esquissait naïvement en son coin
tous les pas de ses compagnons. La foule l'acclame,
et M. le Maire le présente à la Reine qui l'em-

brasse gentiment. Etre embrassé par une gracieuse
Reine ! Voilà un petit Basque qui s'en souviendra
toute sa vie !

Quant à l'infatigable et hardi coryphée d'Andoain, Don Justo Iraztorza, M. le Maire lui offre
gracieusement un beau porte-cigarettes d'argent,
et les spectateurs crient *Bravo!* à ce digne successeur de l'immortel D. Juan-Ignacio de Iztueta,
l'Achille et l'Homère des danses de Guipuzcoa (1).

Les *gaïteros* navarrais reprennent leurs piquan-
tes mélodies, et tout le monde se hâte pour aller,
vers six heures et demie, voir Phœbus se plonger
dans les eaux bleues de la baie, derrière la grosse
tour du Socoa. Spectacle majestueux et calme, qui
repose des vives harmonies souletines et guipuzcoanes et nous prépare à goûter les fandangos du
soir.

---

(1) Voir à l'*Appendice* : Iztueta.

III

Partie de Blaid au Chistera
La Pastorale de Soule

Le mardi 28 août, à dix heures, même foule et même concours que la veille sur la place du Jeu de Paume pour assister à une partie de blaid au *chistera* entre Otharré, Larronde et Berrouet; le vieux Chilhar, un autre Larronde et Beheran, tous Français, mais tous jaloux de se tenir à la hauteur de leur renom devant la Reine de Serbie et leurs compatriotes.

La partie est assez chaudement disputée, la balle rebondit avec de terribles coups secs et durs, le jeu est animé; mais, l'avouerons-nous? ce jeu vif, pressé, haletant, nous paraît beaucoup moins intéressant que les beaux coups d'adresse du rebot : c'est un jeu de parieurs et de *pelotaris* professionnels que le blaid au *chistera;* ce n'est pas le jeu large et crâne de l'ancien rebot.

Jusqu'au 55e point la partie est vivement disputée; mais Otharré l'emporte, malgré toutes les ruses de Chilhar, et arrive premier au 70e et dernier point.

Les vainqueurs de la partie de blaid au *chistera* reçoivent un prix de 300 fr.

Comme la veille, l'*Angelus* était venu interrompre la partie à l'un des moments les plus émouvants.

·
· ·

En attendant l'heure si impatiemment désirée de la Pastorale, un de nos amis nous conduit à la plage, que nous ne nous lassons jamais de revoir et d'admirer, et bientôt nous montons à bord d'un coquet petit vapeur pour traverser cette baie magnifique et faire le tour traditionnel de l'Artha. Jusqu'à la hauteur de Sainte-Barbe, la mer est assez calme, encore qu'il vente bonne brise du Nord-Ouest : nous doublons les musoirs de l'Artha et de Sainte-Barbe, et au-delà les vagues se succèdent hautes et rapides ; le petit vapeur plonge gaiement dans la lame pour rebondir avec grâce. Nous virons et longeons l'Artha, merveilleuse digue de 250 mètres de long, de 12 mètres de largeur et de près de 8 mètres d'élévation au-dessus des hautes mers : établie sur un rocher à cinq ou dix mètres en eau profonde, l'Artha est séparée à droite de la digue de Sainte-Barbe, à gauche de la digue de Socoa, par deux larges chenaux formant les deux entrées de la baie.

On sait que cette œuvre des trois jetées barrant l'entrée de Saint-Jean-de-Luz en pleine mer est tout simplement un coup d'audace que rêva, dés 1686, au lendemain des premières attaques de l'Océan, le génie de Vauban appelé sur les lieux par Louis XIV. Depuis Vauban, et pendant près de deux cents ans, les ingénieurs avaient imaginé de défendre Saint-Jean-de-Luz par de savantes jetées établies sur la plage, travaux dispendieux que maintes fois la mer enleva comme fétus de paille. Une seule tempête, en 1749, vit s'écrouler près de 200 maisons, et en 1755 la population de Saint-Jean-de-Luz tomba de dix mille habitants à trois mille et quelques ; de 60 baleiniers et terreneuviers qu'on armait encore en 1740, il n'y en avait plus qu'un seul dix ans plus tard.

Mais il faut lire ces navrants et curieux détails dans la belle notice sur les ports de Saint-Jean-de-Luz et du Socoa donnée par M. Daguenet. Il faut voir aussi comment, grâce à la visite de l'empereur Napoléon III, en 1857, le savant ingénieur et ses collaborateurs purent reprendre enfin, en 1863, le projet de Vauban et le conduire à bonne fin (1).

Mais tout n'est pas terminé ; il reste à relier la jetée de la plage à la digue de Sainte-Barbe, et à prolonger celle-ci au droit de l'Artha, de façon à boucher, ou à peu près, l'entrée du Nord-Ouest par où s'engouffrent encore les vents les plus redoutables.

(1. PORTS MARITIMES DE LA FRANCE. *Notice sur les ports de Saint-Jean-de-Luz et du Socoa,* par M. Daguenet, ingénieur en chef des Ponts-et-Chaussées. (1881, mis à point en 1886, par M. Aubé son successeur). Paris, impr. Nat., 1887, in-8° avec plans.

Le petit vapeur cependant souffle comme un marsouin gouailleur, et nous mène au droit de Socoa, dont nous voyons les âpres falaises, et dans le fond le Jaizquibel et les monts de Biscaye : nous virons doucement, nous passons entre l'Artha et le musoir de Socoa pour rentrer dans la baie, et alors nous apparaissent Saint-Jean-de-Luz, son clocher, ses casinos et villas, l'entrée de la Nivelle, Ciboure, les coteaux de Bordegain et d'Ascain, et dans le fond la Rhune à demi voilée par les buées des vagues. Le merveilleux paysage ! Et comme nos poumons se dilatent, pendant que les yeux émerveillés suivent le sloop élégant qui nous croise à quelques encâblures, gagnant le large et filant grand largue ! A bord est un riche étranger, M. Labille, président de la Société Nautique et avocat, qui oublie sans doute gaiement les criailleries du Palais de Pau en écoutant la grande voix de l'Océan !

.·.

Mais il n'est que temps de gagner la grande cour du Pensionnat Sainte-Marie où déjà retentit le *chiroula*, le tambourin et le tambour de la Pastorale.

La cour est toute pleine de spectateurs ; la Reine préside, avec M. Antoine d'Abbadie, à ses côtés. Sur la scène, les vingt acteurs entourent le duc Aymon, qui achève de chanter sur un rythme grave et plaintif l'exposition de la pièce. Ce sont les *Quatre Fils d'Aymon*, les vaillants preux qui osèrent résister à Charlemagne empereur d'Occident, dont la dramatique histoire va se dérouler en une longue série de scènes et de chants.

Mais Dieu nous garde d'analyser une pastorale souletine ! Disons seulement que ces vastes et curieuses machines scéniques, inspirées tout à tour par l'Ecriture Sainte, la Vie des Saints, les légendes carlovingiennes, l'histoire du moyen-âge et même, depuis cent ans, par l'épopée napoléonienne, offrent tout à la fois de singuliers rapports avec la tragédie grecque et une confusion bizarre de tous les costumes et de tous les temps. Comme à Athènes, les acteurs, s'ils ne portent pas le masque tragique, font, avec de grands gestes, des pas démesurés et toujours s'agitent en déclamant, ne s'arrêtant que pour chanter de graves mélopées ; comme dans les pièces d'Eschyle, le chœur marche en chantant, et le ciel et l'enfer se mêlent des affaires de tous ces héros, bons ou mécréants. Mais au lieu de la flûte d'Ionie, nous avons ici le *Chiroula*, le tambourin et le tambour basque !

Ecoutez plutôt et regardez : voici Charlemagne, costumé en artilleur, veste noire à brandebourg, culotte blanche, l'épée au côté, bottes fortes, et sur la tête une superbe couronne d'or : à sa suite, marche toujours l'évêque Turpin, en culotte noire et manteau violet à la Henri III, coiffé d'un magnifique *sombrero* qui fait bien sur la tête de ce

Souletin aux traits castillans; de sa main droite, il tient toujours une crosse de forme bizarre et peu orthodoxe, avec laquelle, chaque fois qu'il traverse la scène, il bénit gravement les spectateurs. C'est Turpin qui toujours met les démons en fuite : ces démons sont en vestes rouges richement passementées d'or, et portent la coiffure des Incas et des culottes jaunes; leur rôle est muet; mais s'ils ne parlent pas, comme ils dansent, sautent et gambadent, agitant sans cesse leur petit fouet, faisant des niches aux bons, c'est-à-dire aux douze pairs qui ne sont que cinq, coiffés de superbes claques à panache et portant un fort élégant costume de hussards bleus. Le duc Aymon porte à peu près le même costume que l'empereur Charlemagne; mais au lieu de la couronne, son chef est orné d'un turban noir, drapé d'une gaze blanche qui lui retombe sur l'épaule. Les quatrefil s Aymon, les héros de la pièce, sont comme les diables, tout de rouge habillés, sauf les culottes blanches et les bottes fortes : eux aussi portent le sabre au côté et à la main une canne enrubannée, ni plus ni moins que les héros de Madame de Scudéry. Et avec quelle fureur ils s'élancent contre les pairs de Charlemagne! Quelles batailles épiques, toujours en cadence et aux accords du *chiroula* et du tambourin!

Mais leur mère paraît : la douce et plaintive princesse est un joli garçon de Soule, portant avec une aisance merveilleuse petit chapeau mousquetaire à gaze épaisse, corsage bleu et robe claire à petits pois rouges, et maniant l'éventail comme une señorita de Saint-Sébastien : sa voix s'entend à peine d'ailleurs : mais quelle mimique! Comme elle embrasse tendrement ses fils, examinant leurs blessures, leur conseillant de fuir en Gascogne, et leur donnant une belle bourse rouge que l'aîné des Aymon — un terrible gaillard! — brandit victorieusement. Le sémillant roi de Gascogne apparaît vêtu de bleu, coiffé lui aussi de la couronne; apparaît aussi l'enchanteur Maugis, qui porte avec désinvolture un costume de hussard bleu céleste et, en sautoir, la boîte magique. Quant à l'impresario ou plutôt au régent de la Pastorale, Héguiaphal de Chéraute, il est partout à la fois, guidant tout et animant tout son monde.

Par malheur, et vu l'heure tarde, comme on dit au Palais, il a fallu faire pas mal de coupures, et c'était grand dommage. Les jeux de scène, à grands gestes, les marches et danses, les sauteries des diables, mais surtout les chants — solos et chœurs — formaient un superbe ensemble, même pour ceux (et c'était la grande majorité) qui ne comprenaient pas un traître mot des déclamations et des mélopées. Pas plus les Guipuzcoans que les Labourdins n'entendaient ces vers sonores, ces cris bizarres; mais tous, initiés ou profanes, ont admiré et couvert d'applaudissements le chant de la prière au début, modulé par le seigneur Aymon

3

à genoux sur un coussin. Est-ce bien, comme le dit le programme, un des plus anciens thèmes basques écrit dans le 8ᵉ mode grégorien ? En tout cas, c'était fort beau, fort bien dit.

Très beaux aussi, et d'une pénétrante mélancolie, les divers chants de Charlemagne, de Maugis, de l'aîné des Aymon. Très joyeux en revanche et très gais, les *hincas* souletins, irrintzinas et hourras en l'honneur des nobles assistants !

Vers la fin sauterie générale où la dolente princesse mère des Aymon dansait aussi haut que ses fils, et rivalisait de grâce et de légèreté avec la princesse Clara sa belle-fille (un beau garçon dont la blonde tignasse enthousiasmait les enfants !) Quels jarrets, quelle souplesse, et aussi quels musiciens ! De 3 heures et demie à 6 heures *chiroula,* tambourin et tambours n'ont quasi pas cessé de retentir, ils ne s'arrêtaient que lorsque commençaient les chants graves, dits avec beaucoup de sûreté, sans le moindre accompagnement, et c'est à peine si de loin en loin, les *gaïteros* navarrais réussissaient à placer quelques-unes de leurs belles mélodies.

La pièce finie et les jambes souletines enfin au repos, la foule s'écoule, et bon nombre d'amateurs vont se plonger dans les eaux toujours bleues de la baie de Saint-Jean-de-Luz et respirer la tonifiante brise du large.

..

Pour nous, nous regrettions un brin — faut-il l'avouer? — que cette superbe et naïve épopée carlovingienne des *Quatre Fils d'Aymon* n'eût pu être complètement exécutée; nous regrettions surtout qu'au lieu de la cour un peu étroite du Pensionnat Sainte-Marie, où *chirola* infatigable, souffleur, *impresario* et jusqu'à la couturière, se voyaient et s'entendaient d'un peu trop près, elle n'eût pas eu pour théâtre, comme dans la vallée de Soule, une vaste clairière entourée de grands arbres : les chatoyants costumes des acteurs, leurs marches héroïques, leurs grands gestes, leurs chants plaintifs, les sauts enragés des diables, auraient gagné à être vus et entendus d'un peu plus loin.

Tel qu'il est cependant, ce spectacle d'une pastorale souletine, en dépit ou plutôt à cause des naïvetés de gestes et des costumes, est d'un grand effet, et nous comprenons l'enthousiasme de Chaho, de Francisque Michel, et surtout des derniers critiques, Webster et Vinson, qui ont analysé et décrit ces scenarios. Il est vraiment étrange que de simples laboureurs, des ouvriers modestes, jouant de loin en loin et par occasions assez rares, aient autant d'aisance en scène, de naturel et, il faut bien le dire, de noblesse.

Ces acteurs, nous dit-on, sont de Barcus, un

coin du Pays de Soule qui semble narguer ses voisins de Béarn ; mais il n'est guère de village près
de Tardets ou de Mauléon qui n'ait ses *dilettanti*,
impresario, poètes, chanteurs et danseurs. Dieu
veuille que longtemps encore et toujours ils con-
servent ces originales traditions, qui évidemment
remontent au moyen-âge, et échappent ainsi à la
triste influence du cabotinisme parisien.

Le meilleur moyen ne serait-il pas d'imprimer
la fleur des quarante à cinquante pastorales aujourd'hui connues, en laissant, bien entendu, de
côté quelques naïvetés grossières que des érudits
de mauvais goût ont eu le tort de relever ? Voilà
une bonne et belle œuvre digne de nos basco-
philes (1).

---

(1) La Bibliothèque de la ville de Bayonne ne possède que
six de ces pastorales : *Sainte Geneviève. Saint Roch. Sainte
Elaine* (sic), la *Destruction de Jérusalem. Astiage, roi de
Perse. Richard de Normandie.* Deux de ces manuscrits sont
de Saffores, cordonnier de Tardets 1836,; un seul, de Bis-
siger, d'Esquiule, professeur de *tragédie* 18.7). — Voir
ci-après, à l'*Appendice,* l'analyse des *Quatre Fils d'Aymon.*

IV

Partie de Blaid à mains nues
La Mascarade

Il n'est pas de beau jour qui n'ait son couchant, pas de belles fêtes qui trop tôt ne finissent ! Mercredi 29 août était le dernier jour et, comme bouquet, nous étaient offerts une partie de paume le matin (la troisième !), le soir la mascarade souletine et la retraite aux flambeaux.

La partie de blaid à mains nues entre Otharré, Eskerra et Chiqui, Chabatene, Santiago et Théophile a été, au dire des amateurs, superbe d'entrain et d'allure : commencée vers onze heures, elle a dû être interrompue à une heure et demie, à 39 points : un seul point a duré, montre en main, 13 minutes, avec 107 coups de pelote ! Cet entrain et cette fougue nous rappelaient l'ardeur inouïe de nos Basques Espagnols, l'an dernier, à Azpeitia pour ce même jeu de blaid à mains nues. Comme à Azpeitia il a fallu cesser le feu et partager entre le camp d'Otharré et le camp de Chabatène le prix de 120 francs.

.˙.

La mascarade souletine succédant à la pastorale,

c'est la comédie après la tragédie, Aristophane après Eschyle ; mais, hâtons-nous de le dire, un Aristophane très poli, très gracieux, et qui n'avait aux lèvres que le miel souletin qui vaut bien le miel attique. D'aucuns même, des puristes, trouvaient qu'on avait trop expurgé, çà et là, certains épisodes qui, paraît-il, auraient pu gravement scandaliser les peu naïfs étrangers de Paris et autres lieux.

C'est donc seulement la partie noble d'une mascarade souletinè qu'on a voulu nous montrer, et certes on y a réussi. Les beaux costumes, le défilé superbe, sur le pont de Ciboure, étincelant sous un vif soleil, dès 4 heures de l'après-midi ! Voici d'abord le *Cherrero*, magnifiquement revêtu d'un costume bariolé , brandissant un balai de crin à long manche et se faisant royalement place ; le *Gathia*, le chat, l'*Artzaina,* le berger et ses agneaux, l'ours (*hartza*), mais un ours civilisé, à la danse savante ; les deux *zamalzain*, les *chibalets,* chevaux légers, portant à la ceinture un vertugadin de forme bizarre, à longue et légère draperie terminé par devant en tête de cheval. Ces *zamalzain,* sans cesse en mouvement et toujours le fouet d'une main, la bride de l'autre, sont les vrais rois de la mascarade, et à leur suite dansent les *kukulleros,* douze coqs à la crête emplumée.

Toujours dansant, toujours sautant, ce groupe brillant et étrange de vingt beaux jeunes gens de Soule traverse la place Louis XIV et s'engage dans

la Grand'Rue, précédé et suivi d'une foule énorme
de gamins et aussi de grandes personnes marquant
le pas aux accords du *chiroula* et du tambourin.

Les Souletins montent en scène dans la cour du
Pensionnat Sainte-Marie, où déjà les attendaient
la Reine de Serbie et de nombreux spectateurs.
Nous reconnaissons la dolente mère des Aymon
et la modeste fille du roi de Gascogne sous le
pimpant costume de cantinières; Charlemagne
n'a plus sa couronne de la veille et porte, lui
aussi, le berret rouge et un brillant costume de
carnaval rouge et vert. C'est lui qui chante tout
d'abord la magnifique prière d'*Abraham*, d'une
pastorale souletine jouée ici même il y a deux
ans. Cette prière en plain-chant est pour le moins
aussi originale et aussi belle que celle que nous
chantait la veille le seigneur Aymon, et tout le
monde applaudit et crie : *Bis ! bis !*

Mais le *chiroula*, le tambourin et le tambour
retentissent, et alors commence une série de
danses où nos Souletins, qui tant nous avaient
émerveillés déjà, se surpassent. C'est d'abord le
Pas du verre exécuté par les deux *zamalzain*. Au
deux bouts de la scène deux verres pleins d'un
rouge *nafaro* sont posés, les chevaux légers dansent, pirouettent, sautent, gambadent, et tout à
coup, avec une légèreté stupéfiante, se tiennent
un pied en l'air sur chacun des verres... sans le
briser !

C'est ensuite le *Pas des Forgerons* : les chevaux

légers, toujours sautant et cabriolant, sont ferrés aux accords du *chiroula*. Toute la bande d'amis trémousse et donne le pas du *Makhila* suivi, comme la veille, d'une nouvelle danse basque.

La séance finit par un chœur splendide, cantilène plaintive, écho de Barcus, du Val-Dextre et de Sainte-Engrâce, où semblent passer toutes les tristesses des bergers de Soule exilés loin de leurs belles et de leurs clochers, et perdus dans la montagne. Étrange peuple de Soule ! A peine le *chiroula* a-t-il cessé d'agiter leurs jarrets d'acier qu'ils roucoulent comme pigeons en cage !

Le ténor de la bande se détache, et pour le bouquet adresse à la Reine de Serbie, à M. Antoine d'Abbadie, au maire Goyeneche et à l'assistance tout entière, un mélodieux compliment fort bien tourné, nous dit-on.

A ces compliments, M. le maire se lève et répond par le plus mélodieux des discours : montrant du doigt un magnifique vase de Sèvres bleu de ciel orné de deux ravissantes peintures (bouquet de fleurs et bergers de Watteau), M. Goyeneche l'offre à la vaillante troupe souletine au nom de la Reine de Serbie.

Les jeunes gens poussent plusieurs *hincas* et *irrintzinis* expressifs et déclarent qu'ils offriront ce beau vase à l'église de Barcus, en souvenir de la gracieuseté de la Reine et de l'accueil aimable que les chants et danses de leur chère vallée ont reçu à Saint-Jean-de-Luz.

Le maire et une grande partie des assistants suivent la Reine à son départ. Ajoutons — dussions-nous être indiscrets! — qu'au milieu de toutes ces joies, la Reine a songé aux malheureux et a bien voulu remettre à M. le maire une bourse bien garnie pour les malades et les familles pauvres de Saint-Jean-de-Luz.

.·.

Cette dernière soirée a été commencée par une belle retraite aux flambeaux, où la vaillante fanfare luzienne a donné la *Marche aux Drapeaux* de Sellenick, qui avait été son début le dimanche, et les *Adieux du 63ᵉ de ligne*. Rien de plus pittoresque que cette marche harmonieuse à travers les rues du vieux Lohitzun éclairées de lanternes vénitiennes, et çà et là illuminées de feux de bengale réflétant les vieux murs de l'église et des quelques maisons basques contemporaines des Haraneder et des Sopite.

Après la retraite, les danses sur la place et les chants de l'orphéon : le *Guernikako Arbola*, toujours acclamé, l'*Ume eder bat*, ce poétique souvenir de Saint-Sébastien, et *Charmagarria*, cette romance enchanteresse que nos Labourdins aiment tant à roucouler.

Et les fandangos ont suivi pour finir bien au delà du couvre-feu. Mais c'était le dernier soir!

.

Et maintenant que les lanternes vénitiennes et les feux de bengale se sont éteints dans la nuit sombre, et que jeunes gens de Barcus, enfants d'Andoain, garçons de Tardets et gaïteros de Pampelune ont dit adieu, ou plutôt au revoir, à Saint-Jean-de-Luz en poussant leurs derniers *irrintzinas* et leurs dernières notes, disons, nous aussi, au revoir à M. le maire Goyeneche et à ses aimables Luziens, qui nous ont fait avec tant d'entrain et de cordialité les honneurs de leur délicieuse petite ville et nous ont permis de goûter une fois de plus tout le charme de ces fêtes basques. Dieu veuille que dans deux ans nous puissions encore voir, entendre et applaudir ces danseurs élégants, ces joueurs adroits, ces acteurs si originaux et ces chanteurs si mélodieux ! Dieu veuille surtout que notre cher Pays Basque conserve, toujours pures et vives, ces nobles traditions.

Et pour ce, osons formuler tout haut un vœu que nous entendions tout bas murmurer durant ces jours de fêtes. Pourquoi tous les Basques et mêmes les Gascons et les Béarnais du Labourd, de la Basse-Navarre et de la Soule ne répondraient-ils pas à la noble initiative de M. Antoine d'Abbadie et de M. le docteur Goyeneche en formant une vaste association purement régionale qui donnant la main à nos amis de Navarre, de Gui-

puzcoa, d'Alava et de Biscaye, travaillerait à conserver, vives et pures, toutes ces nobles traditions
euskariennes ? Les savants et les artistes recueille-
raient et publieraient ces chants naïfs et originaux
qui nous ont tant charmés, voire ces pastorales
souletines aux allures héroïques ; dans chaque
village, le dimanche et aux fêtes patronales, les
maires et les curés encourageraient les jeunes
gens à cultiver la pelote, le saut basque et les autres danses si pittoresques, les improvisations
poétiques ; et tous les ans il y aurait, de la part de
tous, une noble émulation à qui donnerait les
fêtes basques les plus éclatantes, les plus complètes.

Et tous, la main dans la main, de Pau à Bilbao
et de Bayonne à Saint-Sébastien, à Pampelune et
à Vitoria, nous pousserions d'un même cœur le
vieux cri des Eskualdunac : *Zazpiak bat !*

II

EN GUIPUZCOA

I

FUENTERRABIA

—

Chaque année la vieille cité basco-espagnole célèbre par de curieuses fêtes la levée du siège de 1638 et la défaite de l'armée de Condé et de la Valette, et ces lointaines guerres du temps de Richelieu et de Louis XIII se perdent si bien dans la brume du passé, que la plupart des Français qui passaient gaiement la Bidassoa, le samedi 8 septembre 1894, ne songeaient guère aux vaillants *tercios* guipuzcoans et castillans qui battirent leurs pères...

La veille de la fête, de nombreux *cohetes*, une illumination générale et les accords joyeux de la *charanga* municipale saluaient *Nuestra Señora de Guadalupe*, la patronne de la cité. A l'église, devant l'Ayuntamiento, était chantée par le clergé *una salve solemnissima*.

Au point du jour sonnerie de cloches et pétard réveillent les *mutillas* de la cité, de la marine et des *barrios* : bientôt arrivent de tous côtés paysans et marins, sapeurs et musiciens, gentilles cantinières et graves alcalde y alguaziles. Tout ce monde s'agite, se cherche et finit par se ranger en bon

ordre sur la grande place, au pied du vieux château de Don Sancho et de Charles-Quint.

A l'église, une messe basse est dite, et bientôt
le cortège défile, vers 8 heures, descendant la *Calle
Mayor* et tournant à droite le long des remparts
aux accords vifs et joyeux du *ttittibiriti*, la marche
même que jouaient, en 1638, les *tercios* guipuzcoans : en tête les sapeurs, coiffés de peau de
moutons gigantesques, drapés d'un large tablier
de cuir et portant sur l'épaule une hache de char-
pentier ; un caporal les commande brandissant une
large scie : tous portent de farouches moustaches
et de longues barbes au poil hérissé.

A la suite les tambours, tambourin et fifres, ta-
pent et sifflent avec ardeur, soutenus par la *charanga,* tous coiffés de la *boina roja.*

Le colonel et le lieutenant-colonel, l'épée au
poing, montés sur de fringants chevaux blancs
précèdent les compagnies.

Celles-ci sont au nombre de six, de 25 à 30
hommes chacun, commandés par un lieutenant
sabre en main : en tête de la première est porté
l'étendard de la ville, large drapeau blanc sur lequel se détachent les armes de la MUY NOBLE, MUY
LEAL, MUY VALEROSA Y MUY SIEMPRE FIEL CIUDAD DE
FUENTERRABIA : c'est un écu de 4 quartiers : en 1,
un ange sur fond d'or tenant les clefs de la ville ;
en 2, un lion sur fond d'argent ; en 3, une barque
avec baleine harponnée ; en 4, une sirène tenant
un miroir : au milieu et brochant sur le tout, un

château d'argent avec étoiles d'or sur azur. En chef, Notre-Dame de Guadalupe.

A côté de l'étendard marche une gentille cantinière avec la *boina roja*, le corsage de velours noir bordé de galons d'or et d'un large plastron blanc passementé d'or, la basquine rouge, les bottines et jambières jaunes, le coquet barillet avec *rosquillos* (gâteaux secs) sur la hanche ; la main finement gantée joue de l'éventail

Les *mutilas* portent berret rouge, veste noire, pantalon blanc, alpargates, et sur l'épaule le fusil, le mousquet ou le fusil à pierres, car il y en a de tous les calibres.

A la suite de cette première compagnie du drapeau de la ville, chaque compagnie est précédée de son lieutenant, de sa bannière et de sa cantinière. Parmi ces dernières toutes fort gracieuses, il y a grande variété de costume : corsage rouge et basquine jaune, corsage vert et basquine rouge, mais toujours la boina rouge avec pompon, le barillet entouré de *rosquillos* et à la main un gracieux éventail.

Une seule des cantinières porte crânement un mousquet.

Les deux dernières compagnies sont composées de marins, les uns en chemise rouge, avec la boina, les autres en chemise bleue avec la toque des loups de mer sur laquelle se détache en lettres d'or : *Viva la Virgen de Guadalupe!* Parmi ces marins, pas mal de figures caractéristiques.

4

Ces compagnies rappellent sans doute, en même temps que l'armée de secours envoyé par le roi d'Espagne, les cinq compagnies qui, sous les ordres du vaillant gouverneur Don Domingo de Eguia, garnissaient et défendaient le front de la place, et que cite, en son curieux ouvrage, le P. Palafox y Mendoza : Don Juan de Beaumont au boulevard de la Reine ; — Don Juan Garcés, à la porte Sainte-Marie, à l'entrée de la *Calle Mayor* ; — Don Garcia de Alvarado, près du Palais ; — Don Juan de Esain, à l'estacade ; — Martin de Elizalde et Iñigo Lopez de Ondarra, avec les tercios de Tolosa et d'Azpeitia, à l'estacade de San-Felipe et aux boulevards de Leyra et de la Madeleine ; — enfin l'alcalde, capitaine Diego de Butron, chargé avec les hommes de Fontarabie de la ronde générale (1).

Quant aux sapeurs à la barbe hirsute, ce sont, au dire de nos amis de l'*Euskal Erria*, les mineurs de l'armée de Condé ensevelis dans les fossés de la place.

Actuellement chaque barrio (quartier), la Marine et même un quartier d'Irun (*las Ventas*) reven-

1, D. JUAN DE PALAFOX Y MENDOZA. *Sitio y Socorro de Fuentarrabia y sucesos del ano 1638.* Madrid, Ibarra MDCCXCIII. — Voir aussi *Bizarria Guipuzcoana y Sitio de Fuenterrabia,* par D. ANTONIO BERNAL DE O'REILLY. San Sebastian, 1872.

diquent l'honneur de former ces compagnies ; et c'est, entre les jeunes gens, à qui mieux choisira et équipera la plus sage et la plus gentille cantinière.

Après les compagnies viennent deux petits canons traînés chacun par un mulet, précédant immédiatement la croix et le clergé.

Derrière le clergé marchent le maire, el señor alcalde de Laborda, et son adjoint.

.·.

Par une superbe route en zigs-zags, la procession traverse la plaine couverte de champs de maïs et de vergers et gravit bientôt les premières pentes du Jaizquibel, laissant à droite et à gauche de nombreux *caserios* dont quelques-uns, avec leurs galeries branlantes et leurs portes romanes, ont grand caractère. A mesure que l'on monte, la vue s'étend, superbe, sur Fontarabie se détachant avec l'élégant campanile de son clocher ; Hendaye au delà ; toute la côte et la mer à gauche jusqu'à l'embouchure de l'Adour et les sables de Capbreton ; de l'autre côté, sur Irun, Biriatou, les hauteurs de San-Marcial et les masses imposantes de la Rhune et des Trois-Couronnes : au milieu de ce merveilleux paysage vivement éclairé par un radieux soleil, les eaux bleues de la Bidassoa courent en capricieux méandres. On devine l'île des Faisans à son vert feuillage dans le fond, et plus près, le pont international et le minuscule stationnaire français le *Javelot*.

La procession arrive enfin, un peu avant dix heures, au sanctuaire de Guadalupe : la petite chapelle est dominée par une élégante et svelte tourelle; à côté et reliée par une galerie est la maison de la benoîte, vraie *posada* avec, au rez-de-chaussée, de majestueuses tonnes de cidre.

Ces constructions, dont les premières assises remontent à 1570, mais qui ont été plusieurs fois remaniées, en 1641 au lendemain du siège, et de-puis, sont assez simples; la chapelle elle-même, très petite, se compose d'une seule nef de quinze à vingt mètres de long sur huit à dix de largeur : elle est très bien ornée, et sur l'autel se détache la naïve et curieuse statue de *Nuestra Señora de Guadalupe,* revêtue d'une superbe robe de brocart bleu. Dans la sacristie **est** une inscription qui rap-pelle la vénération des Guipuzcoans pour ce sanc-tuaire, et doit remonter bien au delà du XVIIᵉ siècle :

HE ESCOGIDO Y HE SANTIFICADO ESTE LUGAR PARA QUE ESTE HALLI MI NOMBRE PARA SIEMPRE Y ESTEN FIJOS SOBRE EL MIS HOJOS Y MI CORAZON EN TODO TIEMPO.

L'alcalde et une partie de la procession peuvent seuls suivre le clergé dans cette chapelle : la messe y est chantée, et un prêtre, le Révérend Francisco Guilbeau, prononce en basque une chaleureuse allocution, pendant que tout autour de la chapelle s'agite la foule.

Devant la chapelle et la *posada* s'étend, en effet, une esplanade avec bosquet, bancs et tables de pierre; au milieu est une fontaine surmontée d'une naïve statue de la Vierge avec cette inscription :

GUADALUPECOAC
ONGI ETORRI (1)

tout autour et au pied, de nombreux bouquets d'arbres et les croix d'un Calvaire.

La messe finie, et jusque vers une heure, l'on dîne, l'on festoie et l'on danse ; de temps en temps pétards et mousquets éclatent, réveillant les échos. La journée est admirablement belle, la brise est fraîche; à quoi bon se hâter? ne faut-il pas célébrer ici même la valeur de l'Almirante de Castille et de ses vaillants qui, au matin du 8 septembre 1638, couronnèrent ces hauteurs, apportant à Fontarabie le secours si longtemps attendu?

Les trains de 10 heures et de midi ont cependant amené beaucoup d'étrangers aux gares de Irun et de Hendaye, et toute une flottille de barques transporte les touristes à Fontarabie. En bas aussi l'on dîne, et il y a du monde déjà dans les *cidrerias* et *posadas* : dîner tout espagnol, bien

(1) *Bienvenue aux gens de Guadalupe!*

entendu, avec *puchero, pollo assado,* vin de Navarre et cidre de Hernani.

Le dîner achevé, et en attendant le retour de la procession, on visite les rues si curieuses avec leurs balcons ornés de tentures, belles draperies brodées ou modestes couvertures blanches avec quelques fleurs ; çà et là quelques *palacios* à demi ruinés montrent encore de vieux toits chevronnés et de superbes blasons, parmi lesquels celui des Ladron de Guevara ; on pénètre dans l'église déserte et silencieuse.

Cette église de Fontarabie, de pur style ogival du XVIᵉ siècle, est fort belle avec ses trois nefs, ses rétables, son *choro* et ses hautes voûtes à nervures croisillonnés ; les fonts baptismaux, offerts par la corporation des *naveguantes,* datent de 1577 ; au-dessus de la porte de la sacristie se détache le blason de la ciudad. Mais le rétable du maître-autel, tout récent, est d'assez mauvais goût et les grandes fenêtres primitives ont été maladroitement bouchées. En revanche, plusieurs des autels latéraux sont ornés de riches rétables finement sculptés ; sur l'un d'eux se voient de précieux souvenirs rapportés de Jérusalem par le dernier des historiens du siège de 1638, D. Antonio Bernal de O'Reilly.

La sacristie est vaste, bien ornée de superbes bahuts, et du balcon la vue, sur la Bidassoa et Hendaye, est fort belle. Le campanile du clocher est très élégant, et de là haut les pentes verdoyan-

tes du Jaizquibel sont d'un superbe effet, encore
que les grosses cloches ne permettent de les voir
qu'à la dérobée.

A l'un des piliers de la nef ont été fixés trois
bas-reliefs provenant évidemment d'une plus ancienne église et représentant, croyons-nous, le
martyre de sainte Catherine.

Tout à côté de l'église est le Castillo, l'antique
château de Sancho Abarca et de Charles-Quint,
avec ses voûtes et sa vaste terrasse... Mais, hélas!
ce théâtre des vieilles gloires de Fontarabie est
une ruine que des particuliers exploitent à 50 c.
par tête de visiteur! Le gouvernement de la Reine
devrait racheter ce château et le conserver pieu-
sement comme l'un des plus beaux monuments
historiques de Guipuzcoa.

Au bas du vieux Fontarabie, on va voir la *Marina,* le quartier des pêcheurs devenu aujourd'hui
celui des baigneurs élégants de Madrid et autres
lieux : contraste complet avec les vieux remparts
et les antiques *palacios* de la ciudad! Un grand
hôtel et de nombreuses maisons tout flambant
neuf, avec *miradores,* se sont élevés là depuis une
vingtaine d'années.

Mais au delà et dans une rue parallèle à la grande
avenue est l'ancien quartier des pêcheurs avec de
pauvres petites maisons branlantes, ornées de toits
chevronnés, et de galeries dont l'inclinaison est
parfois inquiétante. Quelques soldats de la procession, et même une des cantinières élégantes,

déjà de retour, s'y reposent en attendant la rentrée solennelle. Au bout de cette rue, sur la gauche et surélevé de quelques marches, est une humble petite chapelle consacrée à sainte Magdeleine. Rien de plus simple, de plus naïf et aussi de plus touchant que ce sanctuaire fermé par un simple loquet! mais aussi comme tout y est propre et décent! deux lampes brûlent là devant une chapelle du Christ avec une *Virgen dolorosa* et un saint Jean très expressifs.

Tout au bout des deux rues, la route continue, longeant la Bidassoa, et menant, par une délicieuse promenade, au cap Figuier. A droite, la plage de Hendaye, et au delà la mer bleue fouettée par une bonne brise de nord-ouest. Au pied de ce long quai sont ancrées d'innombrables barques de pêcheurs, *trincadoures* et *pinasses*.

Nous revenons dans la ciudad en faisant le tour par le côté sud. Ces remparts sont encore superbes et c'est par une ancienne poterne du xvie siècle à demi éventrée que nous entrons en ville : les étrangers y sont plus nombreux encore ; aux balcons brillent déjà d'élégantes toilettes, et la *Calle Mayor* est fort animée; les gamins sifflent, des Aragonais et Gallegos aveugles pincent de la guitare, nasillant des *seguidillas ;* garçons et fillettes offrent des éventails *con corridas de toros* et de naïves médailles de la *Virgen de Guadelupe.* Nous allons nous poster sur le rempart qui se dresse en face du Jaizquibel et au pied duquel passe la route; les coups de fusil se succèdent plus rapides et plus fréquents, quelques bérets rouges et les drapeaux émergent çà et là par dessus les champs de maïs : les cloches de N.-S. de Guadalupe jettent au loin leurs voix criardes, et bientôt les grosses cloches de l'église leur font écho.

Enfin, vers 2 heures et demie, les sapeurs apparaissent au bout du chemin, marchant d'un pas cadencé : à la suite vient le reste de la procession dans le même ordre qu'au départ, tambours, fifres, *charanga* battant et soufflant à qui mieux mieux ; commandant et compagnies marquent le pas. Arrivée au coin de la route, face au rempart, chaque compagnie s'arrête et salue d'une dernière salve de mousqueterie Notre-Dame de Guadalupe ; les deux canons s'arrêtent également et crachent leur mitraille, en l'honneur des assiégés de 1638.

La procession pénètre bientôt dans la *Calle Mayor,* et du haut de la terrasse de l'église le spectacle est grandiose et intéressant : fifres, tambours et *charanga* jouent avec rage le *ttiti biriti;* les sapeurs avancent en marquant le pas, et de temps en temps font halte : chaque compagnie en passant devant l'hôtel-de-ville *(Casa Consistorial)* salue d'une décharge ; puis, en défilant devant l'église, met l'arme au bras. Les *mutilas* sont pleins d'entrain, quelques cantinières paraissent un peu fatiguées; mais la dernière, la seule qui ait le fusil sur l'épaule, est fort crâne et fort gentille, sans la moindre coquetterie.

Les compagnies vont se masser sur la grande place, le clergé entre dans l'église suivi de l'alcalde.

Les troupes redescendent alors la rue et viennent former la haie, tout le long de la *Calle Moyor* : alcalde et curé sortent de l'église, suivant l'étendard de la ville qui est solennellement dressé au balcon de la *Casa Consistorial*. Alcalde et curé paraissent à ce balcon, le commandant brandit son épée, et aussitôt tous les fusils partent avec ensemble, saluant le drapeau d'une dernière décharge de mousqueterie.

Il est 4 heures, et tout le monde court à la *Plaza de los toros*. Ce cirque, au pied des remparts, est assez grand et bien construit, pouvant contenir 5 à 6,000 personnes. Beaucoup de monde : l'alcalde préside. Quatre taureaux ont dû être tués, mais nous sommes partis assez écœurés après le troisième, et alors que le quatrième venait de renverser et de fouler aux pieds un malheureux banderillero.

Ce jeu horrible est-il bien basque? et dans les courses de *novillos* du dernier siècle en Guipuzcoa, dans la *taurorum venatione* dont parle un bon Père Jésuite des *Acta Sanctorum* relatant les fêtes de saint Ignace à Azpeitia en 1642, allait-on jusqu'à tuer le taureau, avec éventrement de chevaux et le reste? Pour l'honneur des Guipuzcoans et des Navarrais, nous aimons à croire que cette finale atroce leur a été imposée par les *aficionados* de Madrid et de Séville, et c'est vraiment dommage, à notre humble avis.

Mais, il le faut avouer, ce n'est point ici l'opinion de la majorité : nos gentilles cantinières elles-mêmes paraissent goûter fort ce spectacle étrange et, en somme, assez monotone.

.
. .

Les derniers rayons de Phœbus nous viennent désagréablement caresser, du haut de Jaizquibel, vers les 6 heures, et nous rappellent qu'il faut partir, hélas! sans pouvoir assister aux *fuegos artificiales* du soir et admirer le *zezen zusco* (toro de fuego), couronnement obligé de toutes les fêtes de la province.

Le surlendemain, lundi 10 septembre, a eu lieu dans l'église paroissiale de Fontarabie un service funèbre pour le repos de l'âme des vaillants soldats de 1638, avec oraison funèbre prononcée par le doctor D. Jesus Maria Echeverria.

Espérons que clergé, alcalde, ayuntamiento y vecinos de Fontarabie auront associé dans leurs prières et leur commune admiration les malheureux soldats de Condé et de la Valette et les tercios de Guipuzcoa et de Castille. Après 250 ans et plus, ces vaillants peuvent et doivent jouir là-haut tous ensemble d'une paix glorieuse!

II

LA ROMERIA DE LEZO

14 Septembre 1894

~~~~~~

Huit jours après les fêtes de Fontarabie, les Basques Espagnols, et aussi bon nombre de Basques du Labourd, vont célébrer à Lezo la fête de l'Exaltation de la Sainte Croix, et cette *romeria,* jadis encore plus fréquentée, est l'une des plus fameuses de la province de Guipuzcoa.

Au delà de la station d'Irun, le train court à travers des champs, des bois touffus, longeant à droite les gracieuses pentes du Jaizquibel, à gauche, les contre-forts des Trois Couronnes, pour s'arrêter bientôt, au delà du long tunnel de Ganchurisqueta, entre Lezo et Renteria, au fond de la baie du Pasages.

Renteria, le *Manchester de la provincia,* jadis port de mer, est aujourd'hui une riche ville industrielle où fabriques de draps, de papier, de biscuits, font fumer de nombreuses cheminées; mais elle a conservé sa haute et superbe église, quelques vieilles *casas torres,* aux curieux blasons, aux

fenêtres geminées ; de vertes prairies, de frais bouquets d'arbres l'entourent, et sur les collines voisines sont perchées de pittoresques *caserios*. Dans
le fond, apparaissent les montagnes bleues.

Au delà de Renteria, de l'autre côté de la voie
ferrée, est Lezo, *pueblo* plus calme et plus modeste,
mais célèbre par la riche et curieuse chapelle du
Santo Cristo : d'un côté, des champs fertiles
émaillés de nombreux *caserios* l'entourent; de
l'autre la dominent les âpres pentes du Jaizquibel.

On accède à Lezo par un chemin pittoresque,
en contrebas de l'église, et brusquement l'on débouche sur la place, encombrée de marchands
forains et de promeneurs. Quinze à vingt baraques couvertes en toile étalent dans le plus pittoresque désordre des médailles, des images de
piété, chapelets et livres, des batteries de cui-
sine, des serpes, des faux, des selles de mulets
aux grelots sonores : des marchandes aux voix
glapissantes offrent des *rosquillos,* de noirs raisins
de Navarre et des boissons plus ou moins fraîches,
pendant que deux ou trois chanteurs déclament
en un rythme mélancolique les derniers échos de
la muse guipuzcoane.

Mais notre première visite est pour la chapelle
du *Santo Cristo,* dont le porche, entouré d'une
belle grille de fer, s'ouvre sur cette place : cette
chapelle est formée de trois travées couronnées
chacune par une coupole : à côté de la façade est
un clocher terminé par un élégant campanile re-

naissance. Au dessus de la porte d'entrée, un *choro* assez vaste, avec orgue, fait face au sanctuaire. Ce sanctuaire lui-même est très vaste, très riche, éclairé par une coupole très élevée, couronnée par une élégante lanterne ajourée : une haute et superbe grille de fer forgé, piqué çà et là de dorures, sépare le sanctuaire de la nef.

Au-dessus du maître-autel, fort riche, est le *Santo Cristo,* sculpture très belle, de grandeur naturelle, couvert à mi-corps d'une riche draperie de velours cramoisi : l'expression du visage est vraiment navrante de douloureuse agonie.

C'est dans ce sanctuaire que depuis le matin viennent s'agenouiller et prier les pèlerins. De nombreux fidèles ont assisté dès les premières heures aux messes basses et ensuite à la *misa mayor;* nombreux aussi sont les pèlerins qui se sont approchés de la table sainte.

Vers 3 heures, au moment où nous pénétrons dans le sanctuaire vénéré, orchestre, orgue et chanteurs exécutent les vêpres en musique, un peu bruyante, peut-être, mais qui, çà et là, et surtout au *Vexilla Regis* et au *Magnificat,* a de beaux accents; les voix semblent un peu dures à nos oreilles françaises, mais l'ensemble est bon, les intonations très sûres.

Pendant l'office, pèlerins et pèlerines ne cessent

de venir s'agenouiller et prier dans le sanctuaire ; quelques femmes portent la mantille noire ; d'autres, un modeste mouchoir blanc en guise de voile. La plupart vont déposer un cierge allumé sur un grand candélabre ; tous, à deux genoux, baisent un modeste crucifix et déposent une offrande.

L'office finit par un *Salve* que l'officiant se contente d'entonner au coin de l'autel, et que l'orgue interprète assez rapidement. A la suite de l'office, du haut d'une chaire très belle, très ornée, un prêtre dit en basque le rosaire, auquel répond toute l'assistance.

Dans la sacristie, un fabricien ou sacristain laïque, assis à une-grande table, offre des livres de dévotion, des médailles où se voient d'un côté le *Santo Cristo,* de l'autre *Nuestra Señora de Guadalupe;* de nombreux fidèles viennent déposer sur un large plateau des honoraires de messe.

Et tout cela se fait simplement, au grand jour, avec une piété touchante. Jeunes gens, jeunes filles, mères de famille avec leurs enfants, bons paysans aux traits déjà fatigués, tous prient avec une foi simple et profonde.

⁂

A 4 heures et demie, la *charanga* fait entendre sur la place ses premiers accords, et çà et là, au milieu des baraques, et dans un petit bosquet derrière la *Casa Consistorial,* de nombreux groupes se forment pour danser le *zortzico.*

Lezo offre en ce moment un curieux aspect, encore que le soleil boude derrière un ciel trop gris, et que du fond de la baie un vent presque froid vienne faire claquer les tentes des marchands. La plupart des pèlerins ont quitté la chapelle et se promènent à travers les baraques; les hommes allument leur petite pipe, les ménagères achètent des casseroles de fer-blanc, des *sellos* (cruches de bois cerclées de fer), de larges médailles, souvenir de la *romeria*. La place est encore plus animée que pendant les vêpres.

Cette grande place carrée est fermée d'un côté par le sanctuaire du *Santo Cristo* et la vaste église, de l'autre par la *Casa Consistorial,* au haut de laquelle se détache l'écusson de la ville — d'or sur onde d'azur, orné de trois arbres surmontés chacun d'un cœur rouge. — De vieilles et pittoresques maisons, quelques-unes avec blason et galerie, leur font face.

L'église de Lezo, dédiée à saint Jean-Baptiste, est moins riche peut-être que le sanctuaire du *Santo Cristo,* mais elle est vaste et haute, dominant la place publique d'un côté; de l'autre, un beau jeu de pelote, où, hélas! comme dans toutes les places de la province aujourd'hui, l'herbe croît.

Une seule nef à voûte très haute, très élancée, semi-ogivale, semi-renaissance, compose cette église terminée aux deux bouts, par un vaste *choro* à l'occident, à l'orient par le sanctuaire, le maître-autel et un immense rétable élevé de quinze à vingt marches. Sur la façade se voient les traces d'un ancien porche ogival et des pierres d'attente, peut-être l'indication d'un clocher disparu. Dans le sanctuaire, à droite et à gauche du maître-autel, il y a deux autres petits autels; et au bas, à gauche, un beau et grand reliquaire en marbre blanc tout moderne, délicatement sculpté.

Dans la nef, quatre à cinq chapelles sont établies entre les contreforts; l'une de ces chapelles, à gauche, porte au dessus de l'autel une *Piedad* fort belle, et dont les personnages sont de grandeur presque naturelle : à côté de la Sainte Vierge contemplant le corps glacé du Christ, se tiennent à genoux Madeleine, Jean, Nicodème, Joseph d'Arimathie; au dessus, deux anges en adoration; le tout peint de couleurs harmonieuses.

Dans cette chapelle brillent les armoiries des *Lezos marqueses de Oviedo* : deux loups noirs et deux étoiles sur fond d'or, en 4 quartiers. Ce sont sans doute les descendants de Doña Maria de Lezo, la dame d'honneur de Catherine d'Aragon, l'infortunée reine d'Angleterre assassinée en 1535 par l'indigne Henry VIII. Plus heureuse que sa maîtresse, Doña Maria vint mourir paisiblement en Espagne en 1554.

A côté, sur la grille d'une autre chapelle, nous lisons le nom de *Nuñes de Yerrobi y de sus herederos, año de 1676...* Sont-ce les descendants de ce fameux Yerrobi d'Irun qui enleva une princesse

5

marocaine et l'épousa à Malaga, au temps de l'empereur Charles-Quint, histoire que Cervantes a immortalisée dans sa curieuse novela : *El cautivo*, une des perles du *Don Quijote ?*

La grande fenêtre ogivale à trois meneaux de la façade ouest et deux des fenêtres du sanctuaire, les seules conservées en ce vaste édifice, ont été récemment ornées de beaux vitraux qui nous paraissent de facture française.

* *

Mais l'église nous a trop retenu, et sur la place le *tamborilero* et le *chistoulari* ont pris la place de la *charanga ;* les danses continuent et aussi les cris, les appels, les chants nasillards des *bersolaris,* les cantilènes des mendiants : *Dame V. una pequeña limosna, por amor del Santo Cristo ! — Dios se lo pague !...* Quatre ou cinq élégants breaks et mylords de Saint-Sébastien ont débarqué de nobles hidalgos et des señoras dont le trop moderne costume fait tache au milieu de cette foule de bons paysans.

Nous contemplons ce curieux spectacle du haut du large escalier qui descend de l'église à la place. Mais nous revenons bientôt' vers la façade de l'ouest en contournant l'église par une délicieuse petite *alameda* avec bancs de pierre. Que la vue jadis, du haut de cette terrasse, devait être splendide sur la baie du Passage, au temps où le vénérable

D. Lopez Martinez de Isasti écrivait ici même, vers
1624, son *Compendio historial de Guipuzcoa!* A la
place des horribles cheminées d'usine qui barrent
l'horizon, il y avait à nos pieds un arsenal et de
vastes chantiers de construction qui armèrent, au
commencement du XVIIᵉ siècle, la fameuse *Capi-
tana del Ocean* et quinze autres gros navires.

De toutes ces vieilles gloires, il n'y a plus que
le souvenir; mais Lezo, nous venons d'en avoir la
preuve et dans sa belle église et dans le curieux
sanctuaire du *Santo Cristo*, a su conserver son
antique pèlerinage et aussi ses plus anciennes traditions.

On dit en effet qu'après avoir converti Bayonne
et le Labourd, c'est ici, en longeant sans doute la
longue et gracieuse crête du Jaizquibel, que saint
Léon s'arrêta pour évangéliser ce coin de Guipuzcoa où son souvenir est resté.

Les danses et la musique ont cessé : nous ga-
gnons une rue transversale qui nous conduit au
pittoresque chemin contournant la baie du Pasages; ici encore de pittoresques *cidrerias* atti-
rent de nombreux clients, et au dessus de plusieurs maisons se voient de curieux blasons et
le monogramme des Pères de la compagnie
de Jésus, JHS. Comme tous les autres *pueblos*
de la province, Lezo a sans doute un culte

spécial pour saint Ignace; mais ce blason nous rappelle que, au lendemain des guerres de l'Empire, à la fin de la Restauration et jusque vers 1834, un collège de jésuites fut fondé ici qui attira de nombreux élèves, et entre autres bien des Français du Labourd qui y apprirent le latin. Et d'ici comme de partout les bons Pères furent chassés par les fameux libéraux de 1830.

Mais le jour baisse, il nous faut repartir : à la gare nous retrouvons la plupart de nos pèlerins venus de Fontarabie, Irun, Ascain, Sare et autres lieux; le train est en retard, mais l'accordéon résonne, et un dernier fandango est vite organisé.

Car la gaieté, en ce peuple franc et naïf, est l'heureux couronnement d'une foi vive et simple. Et il en fut toujours ainsi : entre Ganchurisqueta et Irun, un brave Labourdin nous contait, en guise d'épilogue, que de son temps, bien avant que la vapeur ne sifflât au pied du Jaizquibel, les Labourdins accouraient plus nombreux encore à cette *romeria* de Lezo : on partait par groupes, la veille, armés de bons *makhilas*, car il y avait pas mal de bohémiens dans ces gorges, et les miquelets étaient peu nombreux dans les *pueblos*. A Lezo les Labourdins fraternisaient avec les Guipuzcoans et les Biscayens venus de Guetaria, Bermeo et autres ports de la côte cantabrique, et dans l'après-midi tout le monde se donnait rendez-vous à Saint-Sébastien.

Aujourd'hui l'affluence est tout aussi grande,

grâce au chemin de fer; mais que ce retour en wagon est prosaïque, surtout quand le train, arrivant en France avec un retard de cinq minutes, on ne peut repartir qu'à 10 h. 50 et rentrer chez soi à minuit sonné!

III

D'OYARZUN A SAINT-SÉBASTIEN

———

Un officier de dragons de Numance, en garnison à Pampelune, a publié à la fin de septembre ses impressions artistiques et militaires, à la suite d'une promenade de son régiment à travers monts et vaux, de la capitale de Navarre à Tolosa et à Saint-Sébastien, et nous a révélé, entre autres merveilles, les secrets du camp retranché d'Oyarzun.

Ces échos guerriers et juvéniles nous ont rappelé quelques-unes de nos promenades estivales en Guipuzcoa, à travers ces mêmes vallées pittoresques et verdoyantes, et nous les voudrions conter ici, en quelques pages, d'Oyarzun à Guetaria et Tolosa, en passant par Renteria, les deux Passages, voire par Loyola.

* *

De la gare d'Irun à Oyarzun l'ancienne route de Bayonne à Madrid gravit les contreforts des Trois

Couronnes et s'élève doucement, offrant les mêmes aspects et presque les mêmes points de vue que du haut de Jaizquibel : la splendide vallée de la Bidassoa, étincelante sous un soleil de juillet, à gauche Hendaye, Fontarabie et les côtes de France jusque par delà Biarritz et l'embouchure de l'Adour; à droite Irun, Béhobie, Biriatou, San Marcial, La Rhune, et dans le fond les pentes fleuries de l'Oursouya. On franchit le défilé dentelé des hauts rochers de Feloaga, où jadis se dressait un castel menaçant, voire, disent les savants, les ruines d'un *castellum* romain, et la riante vallée d'Oyarzun s'offre aux regards avec ses blancs *caserios,* ses verts champs de maïs, ses frais bouquets de pommiers et de châtaigniers.

La ville même d'Oyarzun est minuscule : une place avec une forte *casa consistorial* qui porte à son fronton la date de 1678 et sur le côté l'écusson de la vallée superbement sculpté : un château (celui de Feloaga sans doute) avec la clef à côté de la porte, entre deux arbres : en chef le buste et le casque à large cimier d'un chevalier ; sur les côtés, deux lions debout; dans le bas, un écuyer cuirassé, assis sur un vaste fauteuil; à ses côtés deux hommes demi-nus dont l'un tient une massue. Quelques rues pavées entourent cette place : quelques-unes des maisons ont de larges écussons, des portes gothiques ou romanes, de longs toits chevronnés.

L'église, haute et vaste, à une seule nef, rebâtie

aux XVIᵉ et XVIIᵉ siècles sur les ruines de l'ancienne, atrocement brûlée par Messire d'Albret en 1476, est fort belle : un grand maître-autel avec un haut rétable doré, quatre ou cinq chapelles entre les contreforts, dans le fond un vaste *choro* avec de belles orgues, et au-delà, sous la tour, une grande chapelle du Christ avec trois autels.

L'une des portes latérales, charmant specimen de la Renaissance, est décorée sur l'un des côtés d'un bas-relief (une chimère d'apocalypse) qui doit être un reste de l'église primitive.

Sur le mur de gauche, près de la grille du sanctuaire, se lit cette curieuse inscription :

Santissimo in X P. PP. Pio V et catolico Philipo Hispan. rege imperante, in hac sua olim Cantabriæ regionis eclesia antiquissima, magnis olim illustrata miraculis divi Stephani a Lartaun protho martiris eclesia, quo omnes cantabri in litibus juramenta sua prestaturi olim convenire solebant, Revᵐᵘˢ D. D. Sebastianus a Lartaun antiquissima hac domo natus fuit in episcopum consecratus per Revᵐᵘᵐ D. Didacum Ramirez Sedeño a Fuenleal episc. Pampilonensem, assistentibus Revᵐⁱˢ Dᴺⁱˢ Alphonso a Valera Seydon. et Gondisalvo a Herera Laod. episcop. D. Joane ab Acuña Font. Rabidi Gubern. et D. D. Peralta præfecto Cantabriæ pretore, cum suis uxoribus, domibus et curiis et pluribus sex mille aliis equitibus et illustribus Cantabriæ hominibus assistentibus. 12°. die mensis augusti anni 1571.

D'où il conste que dans cette église, où dès les temps très anciens les Cantabres venaient prêter serment, le fils d'une des plus nobles familles d'Oyarzun, Sébastien de Lartaun, fut sacré évêque de Cuzco, dans l'empire du Pérou, par l'évêque de Pampelune assisté des évêques de Sidon et de Laodicée, en présence des gouverneurs de la province et de plus de six mille seigneurs, chevaliers et gentes dames.

Ce n'est pas tout : un contemporain, Garibay, chroniqueur officiel de Philippe II, affirma doctement en cette même année 1571 au nouvel évêque que la maison de *Latran*, à Rome, était originaire d'Oyarzun, un *Lartaun* ayant été s'établir dans la capitale du monde dix-huit ans avant Jésus-Christ ; il y fit souche, et ses descendants, convertis au christianisme, donnèrent au Pape leur maison qui devint l'insigne basilique de Saint-Jean-de-Latran ; à leur exemple, les Lartaun d'Oyarzun firent don à leur évêque de leur *casa solariega y torre,* sur laquelle est bâtie l'église d'Oyarzun (1).

Nous ne demandons pas à voir les titres, et, encore éblouis de tant de gloires, nous faisons le tour de Saint-Etienne d'Oyarzun, dont les abords sont vraiment grandioses : d'un côté, une grande

---

(1) Euskal Erria, t. VII, 1882, p. 25. *Copia de la carta que Esteban de Garibay y Zamalloa, historiador y cronista mayor del Serenisimo Rey D. Philippe II, escribió al Ilustrisimo Sr. Doct. D. Sebastian de Lartaun, obispo de Cuzco.* Madrid, 7 de setiembre de 1571.

place largement dallée, avec deux escaliers; de l'autre, le *Campo Santo*.

Par delà la ciudad, quatre ou cinq groupes épars dans la vallée complètent Oyarzun, qui a 4,000 habitants environ, presque tous laboureurs.

Oyarzun est-il bien aussi antique que le veulent Garibay et les autres historiens guipuzcoans, et faut-il voir là, à cause de certaines traces d'exploitation minière laissées, dit-on, par les Romains dans les flancs des Trois Couronnes, l'antique *Oeaso* de Pline et de Ptolémée, que notre Marca et d'autres placent à Fontarabie ou à Saint-Sébastien? Ce qui est plus certain, c'est que jusqu'à Philippe II et saint Pie V, presque à la veille du sacre de l'évêque de Cuzco, la vallée, tout comme celle de Hernani, faisait partie du diocèse de Bayonne.

∴

Ce serait donc ici, s'il faut en croire le dragon de Numance, que serait établi le centre d'un vaste camp retranché commandé et couvert au nord par les forts de San Marcial et de Guadalupe, au dessus d'Irun et de Fuenterrabia, au midi par les forts de San Marcos et de Choritoquieta protégeant Renteria, les Passages, Saint-Sébastien et Hernani. Du Jaizquibel les canons Krupp bombarderaient les cuirassés français ancrés dans la baie de Saint-Jean-de-Luz !

Et ce ne sont pas seulement des plans sur le

papier : on a déjà beaucoup pioché, paraît-il, sur les pentes des Trois-Couronnes et du Jaizquibel, et l'on compte promptement mener à bonne fin ces gigantesques travaux de défense qui, visiblement, rendraient bien difficile une nouvelle invasion française par les vallées de Vera et de la Bidassoa.

Mais est-ce bien contre l'étranger seulement que sont dressés ces canons? En France du moins on ne songe guère, Dieu merci, à créer de nouveaux Napoléon et nous en avons pour longtemps fini, espérons-le, avec nos trop coûteux et sanglants rêves de gloire. Dormez en paix, bons Espagnols, et méfiez-vous de la triple alliance qui ne rêve que casemates et canons Krupp.

. .

L'aimable descente d'Oyarzun à Renteria nous distrait de ces sombres pensées ; mais çà et là, comme à la montée du côté d'Oyarzun, quelques ruines de *caserios* nous rappellent les horribles souvenirs de la dernière guerre civile : on n'a pas oublié — et ces murs calcinés au milieu des champs et des prairies nous le rappelleraient au besoin — avec quelle férocité les soldats de La Serna déshonorèrent leur victoire.

Renteria a l'aspect sévère d'une petite ville industrielle : çà et là cependant deux ou trois antiques *casas torres* et surtout la superbe église à trois nefs rappellent le passé.

On pénètre dans l'église par une très belle porte latérale ornée de statues : les Evangélistes accompagnent une triomphale Assomption de la Sainte Vierge, de pur style classique. Aux autels, de grands rétables dorés ; pas de larges fenêtres, à peine quelques hautes ouvertures pour donner un peu de jour à ce vaste édifice : les voûtes à nervures entrecroisées, très hardies, reposent sur des piliers svcltes et élancés ; l'un de ces piliers, dans le chœur, porte l'inscription suivante :

ANNO DOMINI

M D CC LXXXIV

PIO VI PONTIFICE

MAXIMO, CAROLO III

REGE HISPANIÆ,

NOBILIS HÆC VILLA

DE RENTERIA

IN ÆTERNUM AVITÆ

RELIGIONIS MONUMENTUM

DD

La réédification ou restauration est, on le voit, toute récente et due à de nobles *indianos* enrichis aux Amériques. Heureux pays où, au lieu de gâter les plus merveilleux paysages basques par des caricatures de villas italiennes ou néo-grecques, les enrichis songeaient à l'église de leur petite ville !

Au dessous de la tour qui manque, hélas ! d'un élégant campanile, est un curieux passage à voûte ogivale, vrai tour de force d'audacieux architectes.

Au delà de l'église sont la place du Marché, en partie couverte et entourée de cidrerias, et un très beau *fronton* (jeu de pelote au blaid). C'est sur cette place qu'au jour de Sainte Madeleine (22 juillet) les *chiquillos* dansent gravement l'*auresku*.

Près de l'Oyarzun, dont les eaux babillardes nous ont gaîment accompagné jusqu'à Renteria, est la *alameda* bien ombragée et bordée de nombreux cafés : c'est de là que partent les tramways de Passages et de Saint-Sébastien.

Ces tramways de 20 à 25 places, au grand air, très gracieux et très larges, sont traînés par un fort cheval et une belle mule attelés en flèche qui vont bon train même aux côtes : au bout de dix minutes on descend au Passages, en face des quais bordant l'estuaire.

Ici aussi le progrès a fait les siennes : d'innombrables magasins ont surgi a droite et à gauche de la voie du chemin de fer; trois ou quatre gros vapeurs et quelques goëlettes et chasse-marées sont à l'ancre, et les grues à vapeur fument et gémissent... Mais où sont les gentilles batelières au chapeau coquet, aux longues tresses qui enthousiasmèrent si fort Philippe IV lors de sa visite de 1668 qu'il en amena quelques-unes au Retiro de Madrid? Hélas! les dernières, qui se disputaient si bien les passagers il y a 30 ans encore, ont disparu!

La baie du Passages cependant, à la pleine mer, et s'étalant au pied du Jaizquibel, docilement carressée par la brise du large, est ravissante à contempler ; et pendant que deux vigoureux bateliers pointent leur pinasse sur San Pedro, nous regardons le merveilleux port qui vit s'embarquer La Fayette et hiverner tant de nos marins et corsaires bayonnais de la République et de l'Empire : à gauche San Pedro, dont les maisons baignent littéralement dans les eaux bleues ; devant nous San Juan, ses clochers, sa corderie, sa fabrique de porcelaine ; à droite les hautes cheminées d'usines, et par delà les murs jaunes de l'église de Lezo ; un gros navire git au fond de la baie à demi couché dans la vase, triste épave arrachée aux flots après que son équipage l'eut abandonnée et qui achève là de pourrir.

Mais nous cherchons en vain la grosse tour ronde qui jadis défendait l'entrée de Passages : disparue comme le fort d'en face.

. .

San Pedro, tout comme San Juan, se compose d'une rue unique dont les maisons çà et là forment arceaux : tout cela est très pittoresque, mais bien vieux, bien ébranlé. L'église est petite, très propre, éclairée de lampes à ses nombreuses chapelles ; les rétables sont fort riches, les nappes d'autel agrémentées de très fines dentelles : la *Virgen Dolorosa y el Nazareno* (le Christ portant la croix) sont d'une touchante expression, et aux voûtes sont appendus trois petits navires en *ex-voto*.

A la place de la vieille tour est une belle esplanade où un *carabinero* fait les cent pas : des barques passent et repassent, et de l'autre rive viennent mourir ici les accords d'un naïf orchestre.

Car c'est le lendemain de la fête de San Juan, et
marins et fillettes dansent encore. Nous abordons
bientôt sur la place au milieu de la foule, au
moment où commence un grave *aureskn :* parmi
les danseurs les plus lestes, un bon vieux de 70
ans pour le moins nous émerveille de ses pas
agiles.

Dans cette foule, d'ailleurs assez pittoresque, les
jorasteros, les *bañistas* de Saint-Sébastien se mêlent aux marins et aux laboureurs de Passages et
des environs; et pendant que les *tamborileros* pro-
longent leurs trilles monotones, nous parcourons
le pittoresque petit port de mer.

La place est bordée d'un côté par un large quai,
et des trois autres par de hautes maisons à galeries,
parmi lesquelles la *Casa Consistorial* ornée des
armes de Passages : *la noble y leal villa* porte un
écu de gueules orné de deux rames en croix sur
ondes accompagnées de deux sirènes et, en chef,
une fleur de lys, souvenir du secours apporté par
les marins de Passages à Richelieu et Louis XIII,
assiégeant la Rochelle en 1628.

Au bout de la place, par une étroite rue, nous
arrivons à un vénérable sanctuaire, *Santa Isabel de
Bonanza*, la première église paroissiale : tout à côté
sont les ruines d'un castillo du XVII° siècle; au-delà,

par une chaussée montante, on aboutit à la mer en longeant le chenal encaissé entre de hauts rochers.

De l'autre côté de la place, en remontant la baie, une seule et pittoresque rue conduit à *San Juan*, l'église paroissiale actuelle : ici, comme à Saint-Pierre, mais beaucoup plus nombreuses, les maisons baignent d'un côté dans la baie, de l'autre forment d'étroits et tortueux passages où se cachent des *cidrerias* et des *tiendas*. Sur une petite place découverte, et regardant la baie, se voit un modeste oratoire formé d'un grand crucifix avec, à ses pieds, une Notre-Dame de Pitié : à droite et à gauche de ces statues sont peints une sainte Claire et un saint Martin portant le petit manteau et le tricorne à panache des cavaliers du XVIII⁰ siècle : ces peintures très naïves sont malheureusement très défraîchies par le vent de mer.

L'église, à laquelle on accède par un large et bel escalier, est composée d'une seule nef, et ses autels à hauts et riches rétables dorés sont fort beaux; elle est dédiée à saint Jean-Baptiste. Sur l'un des autels latéraux, à gauche, est une statue de cire richement drapée, couchée dans un cercueil de verre et renfermant les reliques d'une martyre des Catacombes avec cette inscription :

FAUSTINE DEP KAL OCT

IN PACE

Cette précieuse relique a été portée de Rome par un membre de la famille Ferrer y Camfrancs, dont la sépulture est en face, ornée des riches inscriptions de Manuel Ferrer y Camfrancs, chevalier de Charles II, né le 24 mai 1769, mort à Bayonne le 24 décembre 1834, et de Joaquin Ferrer, membre de plusieurs sociétés savantes, décédé à Bilbao le 28 mai 1828.

Un membre de cette illustre famille était, en 1841, président du conseil des ministres; mais nombreux sont les fils dont la ville de Passages se montre fière à juste titre : l'un d'eux, D. Blas de Lezo, fut en 1741 l'un des héros de la défense de Carthagène des Indes contre les Anglais.

San Juan du Passage a longtemps conservé parmi les gens du peuple le gascon bayonnais, qui se parlait et s'écrivait également à Saint-Sébastien au moyen-âge ; il y a quelque trente ou quarante ans, les Bayonnais qui séjournaient là pour l'expédition des premiers bateaux d'émigrants pour l'Amérique du Sud causaient encore fort gaiement avec leurs hôtes en la vieille et sonore langue de Pès de Puyane et de Lesca. Mais ceci n'est sans doute plus qu'un souvenir.

∴

Nous traversons de nouveau la baie et reprenons le tramway qui, en une heure, nous conduit, par la plus pittoresque route, dans la capitale du Guipuzcoa.

Saint-Sébastien n'est plus la petite ville aux

6

rues étroites, tirées au cordeau et se coupant à angles droits, entourée de hauts remparts et adossée à la *Mota*, telle que nous la vîmes pour la première fois, il y a déjà trop longtemps. Les remparts ont été rasés, il y a plus de trente ans, et une ville nouvelle a surgi, deux fois plus grande que l'ancienne.

Celle-ci toutefois a conservé, grâce à Dieu, tout son cachet : la belle église renaissance de *Santa Maria*, avec sa belle façade où brillent, au-dessus de la statue de la Sainte Vierge, les armes de la ville (un trois mâts voguant sur ondes, toutes voiles dehors), ses superbes piliers et ses riches autels, l'église ogivale de *San Vicente,* intelligemment restaurée, sont toujours reliées par cette fameuse *calle de XXXI de Agosto,* la seule rue qui resta debout au lendemain de l'horrible incendie de 1813. Au pied de *Santa Maria* est le port avec ses môles et ses hautes maisons de pêcheurs à arcades : là s'agite toute une population curieuse à contempler au moment où d'innombrables barques viennent à quai déposer thons, sardines et *chipirones ;* que d'enfants et quels cris suraigus !

Près de *Santa Maria* est l'église et le couvent des Carmélites, et au-dessus du port se déroule à mi-côteau la pittoresque avenue que l'on suit pour aller à la citadelle : d'ici la vue est fort belle sur le port et la baie de Saint-Sébastien, l'île de Santa Clara, les nouveaux quartiers, les hautes montagnes. Au delà de la *bateria de las damas,* on contourne la *Mota,* et l'immense mer apparaît doucement caressée par la brise du soir ; à droite, à mi-chemin, est le cimetière des Anglais, alliés des *christinos* de 1837.

Au milieu du vieux Saint-Sébastien est la place de la Constitution, avec ses arcades, ses balcons et croisées numérotés pour les courses de *novillos* et les danses des jours de fêtes ; la belle *Casa Consistorial* porte au fronton l'inscription qui rappelle que toute cette partie de la ville est de construction moderne :

FERDINANDUS VII

REX IPSEMET POSUIT DIE X JUN. AN MDCCCXXVIII

Un bel escalier, orné de deux tableaux représentant des victoires de l'amiral Oquendo en 1631 et 1639 contre les escadres hollandaise et anglaise, conduit à la salle des fêtes : quatre fauteuils aux armes royales rappellent les fréquentes visites de la reine régente, du jeune roi et des infantes.

A droite et à gauche de ces fauteuils sont deux vases de Sèvres avec les portraits de Napoléon III et de l'impératrice Eugénie, souvenir de leur visite à la capitale de Guipuzcoa en 1856. Dans un petit salon un vase plus modeste rappelle une autre toute récente visite de la reine Victoria d'Angleterre.

La large et superbe avenue de la Liberté allant du pont de Santa-Catalina et de la place de la Zu-

riola au casino et à la Concha sépare le vieux St-
Sébastien de la ville nouvelle. Au milieu de cette
avenue est la *Alameda* où tous les soirs d'été la
musique militaire et parfois la musique de la ville
donnent des concerts. Sur la place de la Zuriola
se dresse dans une fière attitude la statue de
l'amiral Oquendo, d'une main tenant son étendard, de l'autre son épée, tout prêt à s'élancer
sur l'ennemi. Sur le socle, un peu trop élevé peut-
être, se lisent les inscriptions suivantes :

ITSAS AGINTARI ARGIDOTAR

FEDE BIZIKO KRISTAU

BERE ETSAYAK GARAITEZGARRIA AITORTUTAKO

ANTONIO OKENDO-KOARI

ALCHATZEN DIO AMORIOZKO OROIPEN AU

SEME AIÑ GOITITUAREN ONRAZ POSTURIK

DONOSTIAKO URIAK

—

JAYO ZAN M D LXXVII-AN

ILL ZAN M DC XL-AN

—

AL GRAN ALMIRANTE

DON ANTONIO DE OQUENDO

CRISTIANO EJEMPLAR

A QUIEN EL VOTO DE SUS ENEMIGOS

DECLARO INVENCIBLE

DEDICA ESTE TRIBUTE DE AMOR

LA CIUDAD DE SAN SEBASTIAN

ORGULLOSA DE TAN PRECLARO HIJO

—

PERNAMBUCO

LAS DUNAS

LA MARMORA

DON MIGUEL DE OQUENDO

DON LOPE DE HOCES

DON MARTIN DE VALLECILLA

SAN SEBASTIAN 1577

LA CORUÑA 1640.

Cette statue vient d'être inaugurée par la Reine elle-même en présence d'une partie de la flotte espagnole, et en même temps, un érudit et un poëte de Saint-Sébastien publiait une curieuse et enthousiaste biographie du héros (1).

Le casino avec sa large façade, ses jardins, sa rotonde, est fort beau; mais où ne trouve-t-on pas aujourd'hui des casinos grandioses, et hélas! des chevaliers de la roulette? Dieu veuille que comme Biarritz, Saint-Sébastien n'ait pas à déplorer trop tôt la trop grande place que tiennent dans nos stations balnéaires ces palais dont les échos harmonieux couvrent mal tant de hontes et de misères morales !

Plus original et plus beau est le *Palacio de la Deputacion* avec sa charmante place de Guipuzcoa orné d'ombrages ravissants et de jets d'eau entourant un délicieux petit observatoire astronomique et météorologique, où les gamins apprennent à

(1). OQUENDO *por Francisco Lopez Alen*. San Sebastian, 1894, in-12.

connaître en se jouant les constellations qui
brillent dans le beau ciel guipuzcoan. Ce Palacio
est porté sur de hautes arcades : au dessus de belles colonnes corinthiennes encadrant les fenêtres
des deux étages à balcons, sont les bustes d'O-
quendo, Urdaneta, Legazpi, Lezo et Elcano et
l'écu de Guipuzcoa, si riche en souvenirs historiques.

On monte au Palacio par un large et bel escalier de marbre à rampe de bronze : une haute
verrière représentant Alphonse VIII, roi de Castille, jurant sous l'arbre de Güernica de respecter
les *Fueros*, éclaire cet escalier de couleurs vives et
chatoyantes. Cette belle œuvre d'un enfant du
pays, Etchenía, a été exécutée par des peintres
verriers de Munich et reproduite tout récemment
dans l'*Euskal Erria* (1).

Les galeries sont ornées de quatre belles fres-
ques représentant Saint-Sébastien, Tolosa, Vergara, le collège de Loyola et de nombreux tableaux historiques et religieux, dons du Musée de
Madrid ; l'un de ces tableaux est surtout curieux :
ce sont tous les costumes de la province de Biscaye au XVIe siècle.

Le grand salon d'honneur, les salons du président et des divers membres de la députation, la
salle des délibérations sont fort riches, fort bien
ornés de tentures, de tapisseries et des portraits
de la reine régente et des divers rois et reines de

(1) Livraison du 10 Juillet 1894.

Castille qui ont respecté les *fueros* de la province ; les plafonds sont en bois de palissandre et de chêne avec caissons dorés. Au second étage sont les bureaux des secrétaires et des divers employés, fort intelligemment distribués ; partout de l'air, de la lumière et des lustres ou des becs à l'électricité.

Ce palais est d'ailleurs tout neuf, et l'on voit que la province n'a rien épargné pour ériger ce beau monument qui porte à chaque pierre l'expression de l'amour des Guipuzcoans pour leurs vieilles gloires et leurs libertés toujours jeunes.

Au rez-de-chaussée un détachement de *miquelets* monte la garde d'honneur. A côté du palais, dans une rue transversale, sont l'Institut provincial et la Bibliothèque municipale, dont les honneurs sont faits avec une gracieuse courtoisie par le bibliothécaire, D. Antonio Arzac, directeur de l'*Euskal Erria*, et son auxiliaire, D. Lopez Alen, le poète basque si souvent couronné et l'historien d'Oquendo.

Cette bibliothèque fort riche en livres basques est très largement ouverte au public et très fréquentée.

La *concha* de St-Sébastien est vraiment digne de sa renommée, encore que nous préférions, en bons Français, l'horizon plus large, le vent plus frais de la plage de Biarritz ; sur rade sont mouillés le *Nautilus*, frégate école qui vient de faire le tour du monde, et le *Conde de Venadito*, croiseur aviso à la disposition de la reine régente.

Le palais royal, d'aspect fort modeste, domine la plage bordée de maisons, de villas, quelques-unes fort originales. L'établissement des bains est entouré à droite et à gauche d'une foule de cabines fixes ou à roulettes, tenues par des particuliers : côté des hommes, côté des dames ; séparation qui est observée même dans les flots bleus.

Une grande église, le Sacré-Cœur de Jésus dont la première pierre a été posée par la reine le 29 septembre 1888, est en construction dans le nouveau St-Sébastien, près de l'Urumea et de la gare. Au delà de la gare est la *Plaza de toros* et le *fronton* du jeu de paume, deux distractions qui ont à cette heure des *aficionados* acharnés.

En remontant la *concha* nous passons par un haut et large tunnel pratiqué sous la terrasse du palais royal : au-delà est l'*Antiguo*, *barrio* de Saint-Sébastien, dont l'église ogivale toute neuve a de beaux vitraux et une voûte en bois très élégante.

Un tramway relie l'*Antiguo* au centre de la ville, et rien de plus pittoresque, à la tombée de la nuit, que ce retour à travers les rues aux magasins magnifiquement éclairés, *à la moda de Paris.*

La alameda est déjà fort animée ; gens du peuple *y gente formal* attendent patiemment la musique en fumant des *puros* et en maniant l'éventail.

IV

DE HERNANI A GUETARIA

———

Mais il est temps de s'arracher à cette ville enchanteresse et de partir pour Hernani et Guetaria, les villes au nom héroïque.

La *cesta,* emportée par deux fringants petits chevaux, remonte l'Urumea et court, parallèlement à la voie ferrée, à travers des champs fertiles, bornés à droite et à gauche de coteaux élevés; les *caserios* aux portes romanes, aux balcons plus ou moins chancelants, se succèdent; on scie les blés jaunis, mais les maïs sont encore verts, et de nombreux vergers promettent une bonne récolte. Dans le fond se dessinent les grandes montagnes de Tolosa, et par une échappée nous apercevons sur notre gauche le fameux fort de San Marcos dont les canons à longue portée doivent couvrir à la fois Saint-Sébastien et Hernani.

Après de nombreux détours, la route traverse la voie ferrée, et nous voici aux portes de Hernani, où se paie fidèlement le *portazgo.* Voilà des gens pratiques : ils veulent de bonnes routes, ils les

font eux-mêmes et les entretiennent soigneusement.

Ici se trouve un couvent de sœurs Augustines
fondé en 1544, mais dont l'église de date beaucoup
plus ancienne fut, dit-on, la première église paroissiale : l'édifice a été plusieurs fois remanié ; il y a
là toutefois un portail gothique pur du XIII° siècle
que nous saluons avec respect.

Hernani apparaît pittoresquement assis sur un
monticule, avec son élégant campanile renaissance
et les restes de ses vieux murs : une longue rue,
la *Calle Mayor,* conduit par une pente adoucie à
la grande place. Cette rue et les deux autres rues
latérales sont bordées de quelques *palacios* et *casas torres* avec blasons, balcons en fer forgé, toits
surplombants, portes ogivales ou surbaissées, d'un
grand caractère. On nous signale surtout la casa de
Amurube, dont les fortes assises sont évidemment
contemporaines de ces nobles turbulents, *parientes mayores,* si terriblement châtiés au XV° siècle
par les rois de Castille et les *hermandades* de la
province : la façade et toute la partie haute a été
élégamment remaniée au XVII° siècle. Près de là
est un délicieux palacio, *Beroiz-enea,* orné de deux
écussons, et une autre *casa solariega,* qui porte
l'antique nom de nos *Garro* du Labourd.

Dans une des rues latérales une modeste maison porte l'écusson du fameux Juan de Urbieta,
ce vaillant fils de Hernani qui eut l'honneur de
recevoir à Pavie l'épée de François Ier et à qui

Charles Quint concéda de si curieuses armes par-
lantes.

La grande place est bornée de deux côtés par l'é-
glise et la *Casa Consistorial*, fraternellement ados-
sées. La façade de l'église, dédiée à saint Jean-
Baptiste, est fort belle, ornée de sculptures et surmontée d'un beau clocher : l'intérieur est formé
d'une seule grande et belle nef aux voûtes hardies,
avec nervures entrecroisées : un superbe rétable
surmonte le grand autel et dans les transsepts quatre autels ont aussi de belles sculptures : près de
l'un d'eux se trouve la sépulture du héros de Hernani avec cette inscription triomphante :

HOC JACET IN TEMPLO MAGNUS DE URBIETA JOANES
   NATALE HERNANI CUI DEDIT ANTE SOLUM,
PAPIÆ VINDEX, GALLORUM TERROR, HONORIS
   HISPANI ASSERTOR, BELLICA AD ARMA POTENS;
GALLORUM REGEM FRANCISCUM FŒDERE BELLI
   CAPTIVUM DUXIT, RES EA MARTIS OPUS,
ERIGIT HOC VITÆ PARITER MORTISQUE TROPHÆUM
   PATRIA. SI PIETAS EST TIBI, FUNDE PRECES.

———

EN ESTE TEMPLO YACE EL GRAN JUAN DE URBIETA A
QUIEN VIO NACER ESTA VILLA DE HERNANI; EL LIBERTA-
DOR DE PAVIA, EL TERROR DE LOS FRANCESES Y EL
ACERRIMO DEFENSOR DEL HONOR ESPAÑOL; AQUEL VA-
LIENTE SOLDADO QUE TUBO EL ARROJO DE HACER PRI-
SIONERO DE GUERRA Á FRANCISCO I° REY DE FRANCIA,
MERECIENDOLE ACCION TAN HERÓICA EL QUE SU PATRIA

PARA INMORTALIZAR SU ŅOMBRE LE ERIGIESE ESTE HO-
NORÍFICO BLASON — Y TU, LECTOR, SI ERES PIADOSO
RUEGA POR ÉL.

Et au dessous est le fameux blason : champ d'argent orné en bas d'une verte plaine traversé par
le Tessin, en haut d'un bras de chevalier armé ;
sur le champ est arrêté un cheval, la bride abat-
tue, portant au poitrail la fleur de lys : en chef
l'aigle impériale à deux têtes, avec cette inscription :

EL SEŅOR IMPERADOR CARLOS V° ESPEDIÓ CÉDULA DE
ESTE BLASON Y ESCUDO, REFRENDADO DE FRANCISCO DE
LOS COBOS, PARA JUAN DE URBIETA Y SUS DESCENDIENTES
A LOS 20 DE MARZO DEL AŅO 1530.

Pourquoi faut-il qu'en 1794 les soldats de la
République française se soient déshonorés en pro-
fanant honteusement la sépulture de ce héros (1)?
Espérons du moins que parmi ces soldats n'étaient
point les chasseurs basques de Harispe !

Derrière le maître-autel est une vaste et belle
sacristie, avec quelques armoires et bahuts du
XVIIᵉ siècle admirablement entretenus.

La *Casa Consistorial*, transformée en arsenal
par les libéraux lors de la dernière guerre civile,
fut bombardée et brûlée par les carlistes postés
sur les hauteurs de Santa Barbara. Le nouvel hôtel
de ville, qui l'a remplacée, porté sur cinq arcades

(1) EUSKAL ERRIA. Avril 1894, p. 342.

de style renaissance et orné de belles fenêtres à larges balcons, est fort élégant; très belles aussi la grande salle et tout à côté la salle des délibérations, où l'alcalde et les conseillers siègent en des stalles très bien sculptées. Des fenêtres de cette salle il y a sur la campagne, les *caserios* et Santa Barbara, une vue ravissante.

Nous faisons le tour des anciens remparts et arrivons bientôt à l'*alameda*, où des *muchachos* poursuivent d'ardentes parties de pelote à main nue, en attendant les *tamborileros*. Les bonnes et les *chiquillos* se mettent bientôt à danser le fandango guipuzcoan sous le regard bienveillant de l'alguazil, dont la casquette bleue porte en vedette les lettres V H, *Villa de Hernani*. N'est-il pas étrange que ce soient là précisément les initiales du poète qui passa ici vers 1805 ou 1806, et en souvenir de sa fugue donna ce nom héroïque de Hernani à son premier drame? Mais les vers boursouflés de Victor Hugo sont aujourd'hui bien vieillots, tandis que nous saluons toujours avec le même respect ces glorieux noms de François Ier et de Charles-Quint.

Le retour à Saint-Sébastien par la route aboutissant au *barrio de Antiguo* et à la *Concha* offre des aspects moins riants, mais tout aussi pittoresques : des landes abruptes, des vergers, des champs de maïs, çà et là quelques *caserios*, voire quelques usines, parmi lesquelles la belle fabrique de bougies de Lizarrituri. Nous longeons aussi parfois

les rampes d'un chemin de fer à voie étroite qui
doit relier la capitale de Guipuzcoa à Zarauz et à
Deva, et dont les travaux dépoétisent déjà cette
route agreste. Mais ne disons pas trop de mal de
la vapeur : n'est-ce pas à elle que nous devons de
revoir si souvent, et toujours avec le même plaisir,
ces campagnes de l'Euskal Erria ?

Quelques jours plus tard nous suivions, en sens
inverse, cette même route en laissant Hernani sur
notre gauche; nous courions vers Usurbil et la
pittoresque baie d'Orio pour atteindre bientôt
Zarauz, orgueilleusement étalée dans une riche
vega avec ses palacios antiques et ses modernes
villas.

Après avoir fait honneur dans l'excellente posada de Rosario Otamendi à un dîner tout espagnol : *caldo, cocido, puchero, langosta, pollo asado,*
etc., avec vin de Navarre et cidre de Hernani,
nous allons visiter l'église de Zarauz, sans grand
caractère, et la magnifique *Torre lucea,* superbe
donjon, ou plutôt *casa solar,* avec escalier exté-
rieur, fenêtres géminées, galeries et machicoulis.

Tout à côté de l'église, un antique *palacio* ou
tour de guet a été transformé en tour d'horloge.

Nous reprenons notre course, et contournons

la plage et le minuscule port de Zarauz, où des gamins prennent un bain délicieux sous les rayons de Phœbus; la mer bleue se montre à notre droite, tandis qu'à gauche se dressent de hautes falaises, tantôt verdoyantes, tantôt à arêtes vives et nues, toujours menaçantes. Cette route, souvent creusée dans le roc vif et soigneusement entretenue, longeant toujours la mer, fait honneur à Messieurs des ponts-et-chaussées de la province, et nous rappelle le rêve qu'avait, dit-on, caressé Napoléon III de tracer une route semblable de Biarritz à Hendaye par Bidart, Saint-Jean-de-Luz et le Socoa.

Guetaria nous apparaît bientôt avec le clocher arasé de son église, ses vieux remparts à demi-ruinés et l'*Atalaya de San Anton.*

C'est un vrai nid de pirates, aujourd'hui d'humbles et pauvres pêcheurs, traversé par une seule rue bordée d'assez chétives maisons, et au bout de laquelle se dresse brusquement, barrant le passage, une église de style ogival. Nous entrons par la grande porte du fond donnant directement sur la tribune ou *choro,* et demeurons tout d'abord stupéfaits et ravis.

San Salvador de Guetaria est, en effet, comme *San Vicente* de Saint-Sébastien et *Santa Maria* de Castro-Urdiales, une église ogivale des XIV° et XV° siècles, mais d'un caractère tout particulier : une nef centrale à trois travées, un vaste sanctuaire terminé, comme le chœur de Notre-Dame de

Laon, par un mur droit et orné de deux autels, l'un au pied de la grille d'entrée, l'autre surélevé de huit à dix marches, avec double escalier : au dessus des arcs des travées du sanctuaire, court un élégant *triforium*, ravissante galerie à meneaux élancés avec arcatures trilobées surmontées de hautes croisées à fines sculptures ; deux bas-côtés flanquent, à droite et à gauche, la nef centrale, et les arètes des voûtes sont vives, nettes, harmonieusement entrecroisées. Rien, d'ailleurs, de régulier ; pas une travée bien d'aplomb et d'équerre et ressemblant à sa voisine, et le tout, hélas! dans un état de délabrement lamentable.

Sous le petit porche du bas-côté nord est la pierre tombale, très simple et sans le moindre ornement, du plus glorieux des fils de Guetaria avec cette inscription :

ESTA ES LA SEPULTURA DEL INSIGNE CAPITAN JUAN SEBASTIAN ELCANO, VECINO Y NATURAL DE ESTA NOBLE Y LEAL VILLA DE GUETARIA, QUE FUE EL PRIMERO QUE DIO VUELTA AL MUNDO CON EL NAVÍO LA VICTORIA, Y EN MEMORIA DE ESTE HÉROE Y ANIMOSO, MANDA PONER ESTA LOSA PEDRO DE ECHAVE Y ATUN, CABALLERO DEL ORDEN DE CALATRAVA, AÑO DE 1671.

RUEGUEN A DIOS POR EL!

TU PRIMUM CIRCUMDEDISTI ME

En sortant de cette curieuse église, nous passons sous une voûte ogivale (*catrapona*) habilement pratiquée sous le chœur : à droite de ce passage est une curieuse crypte fermée par une belle grille, et au fond de laquelle est la chapelle de *Nuestra Señora de Piedad*. Au delà nous arrivons sur une petite place où a été érigée, dominant la mer et le port, la statue en bronze du fier navigateur indiquant de son bras les Indes occidentales.

Sebastian de Elcano porte les culottes bouffantes, le justaucorps à crevés et la toque à plume des gentilshommes castillans du XVIe siècle ; à sa gauche est une ancre, à sa droite l'écu parlant concédé par Charles Quint au compagnon de Magellan au retour de sa campagne : château d'or sur champ de gueules ; au bas, un semis d'épices (deux bâtons de cannelle, trois noix muscades et trois clous de girofle) ; en chef, un heaume fermé portant pour cimier le globe terrestre avec l'inscription : *Tu primus circumdedisti me.*

Sur le piédestal se lisent les trois inscriptions suivantes :

À l'est :

VIAJE AL REDEDOR DEL MUNDO
— 8 DE SEPTIEMBRE DE 1522. —
GUIPUZCOA Á LA MEMORIA DE SU HIJO
JUAN SEBASTIAN DE ELCANO
1859.

À l'ouest :

HABIENDOSE DESTRUÍDO POR CAUSA DE LA GUERRA CIVIL EL MONUMENTO LEVANTADO EN HONOR DE JUAN SEBASTIAN DE ELCANO POR SU COMPATRIOTA DON MANUEL

DE AGOTE EL AÑO 1800, LA PROVINCIA DE GUIPUZCOA
ERIGE EL PRESENTE PARA PERPETUAR LA MEMORIA DE
AQUEL VARON ESCLARECIDO.

Au sud :

TU PRIMUM CIRCUMDEDISTI ME

La partie nord du piédestal, encore en blanc, doit porter une inscription euskarienne.

L'Atalaya de San Anton, reliée à la terre ferme par une belle digue, forme une pittoresque presqu'île dominant le port et la vaste mer.

Guetaria, battu de trois côtés par les flots, offre le plus curieux aspect ; mais en quel état sont ses vieux remparts et les quelques maisons accrochées à ces glorieux débris ; en quel état surtout cette superbe église, vrai joyau qui a visiblement été élevée par des maîtres ès-œuvres anglo-normands ou anglais, de la même école que les architectes qui achevaient, vers la fin du XV⁰ siècle, de bâtir Notre-Dame de Bayonne ! Les hautes fenêtres veuves de leurs vitraux et à demi bouchées, les contreforts déjetés, les sculptures effritées, les murs çà et là calcinés, disent trop éloquemment combien ce bel édifice a souffert des guerres incessantes, et aussi de terribles incendies.

La noble ville ne fut pas seulement, en effet, au Moyen-Age une pépinière de hardis marins pourchassant la baleine qui figure dans ses armes : comme nos marins de Bayonne, Saint-Jean-de-Luz et Biarritz, ses marins étaient gens turbulents, qui se battaient avec rage pour le Roi de Castille contre les marines gasconne et normande et les Rois d'Angleterre. Dès l'année 1296, Guetaria formait avec Santander, Laredo, Castro-Urdiales, Vitoria, Bermeo, San-Sebastian et Fuenterrabia, *una hermandad,* traité d'alliance offensive et défensive destiné à faire régner la paix sur la côte cantabrique et à tourner les efforts de tous contre l'étranger. En 1353, ses marins signent avec leurs alliés en l'église de Fontarabie le fameux traité de paix avec le Roi d'Angleterre et la marine de Bayonne qui, pendant quelques années, calma toutes les fureurs. Quelques années plus tard, en 1397, c'est dans le chœur de San Salvador de Gue taria que les députés de la province votent, sous la présidence du *merino mayor* Doctor Gonzalo Moro, les soixante ordonnances, base des *fueros* guipuzcoans (1).

Mais la gloire est une inconstante qui fit toujours payer trop cher ses passagères faveurs. Guetaria eut à souffrir en 1597 d'un terrible incendie, dont son église porte encore les traces; en 1638, pendant le fameux siège de Fontarabie, c'est dans son port qu'était venue un instant jeter l'ancre la flotte de secours commandée par D. Lope de Hoces, et c'est là qu'elle fut surprise et brûlée par les marins de Sourdis, le *benoît* archevêque de Bordeaux,

(1) Euskal Erria, XXVIII, 1893, p. 452.

ainsi que l'appelle ironiquement l'historien du siège (1).

Enfin, pour achever la malheureuse ville, les carlistes l'assiègent en 1836 et brûlent plus de cent maisons; alors sont anéantis ses archives, les titres de ses vieilles gloires, parmi lesquels figurait avec honneur l'original de la *Carta de hermandad* de 1396, avec les sceaux des huit villes confédérées (2).

Guétaria, toutefois, a su, avec l'aide de la province, rendre hommage à son grand navigateur Elcano. Il lui faut maintenant, et sans tarder, sauver d'une ruine totale sa superbe église.

Les zélés membres de la commission des monuments historiques de Gulpuzcoa ont déjà jeté un cri d'alarme; Joaquin Pavia et le marquis de Seoane lui ont adressé, en avril 1893, un intéressant rapport, publié par l'*Euskal Erria* (3); le ministre des travaux publics (*Fomento*) et la Royale Académie de Madrid se sont émus de ces révélations douloureuses, et vont sans doute déclarer *San Salvador de Guétaria* monument national. Entre temps, la députation de la province a voté un subside annuel de 700 pesetas pour parer au plus pressé. Mais il s'agit de trouver au plus tôt un

---

(1) P. Juan de Palafox y Mendoza : *Sitio y Socorro de Fuenterrabia en 1638*. Madrid, M DCC XCIII, p. 184 et suiv.

(2) Rodrigo Amador de los Rios : *Santander*. Barcelona, 1891, p. 899.

(3) EUSKAL ERRIA. XXVIII, 1893; 444, 481.

architecte habile et quelques milliers de duros
pour une complète et intelligente restauration, et
nous aimons à croire que nos amis d'outre-monts
auront bientôt l'honneur et la joie de voir San
Salvador de Guetaria renaître transformé et rajeuni.

Avant de remonter en voiture, nous remarquons, en face de l'ancienne porte de Guetaria,
un curieux petit édifice formé d'une seule voûte
ogivale portée par d'élégantes colonnettes accou-
plées : aux clefs de voûte se voient encore une
fleur de lys et le J H S des PP. Jésuites. Cet édi-
cule, du commencement du XVIᵉ siècle très pro-
bablement, n'est-il pas un ancien sanctuaire, aujourd'hui prosaïquement transformé en fontaine?

V

DE ZUMAYA A TOLOSA
PAR LOYOLA

Au delà de Guetaria, la route continue de courir entre les falaises et la mer : les montagnes de Biscaye apparaissent dans le fond, à demi voilées par la brume. Nous tournons brusquement à gauche, longeant quelques instants le large estuaire de l'Urola à son embouchure; puis, par un élégant pont de fer, nous atteignons Zumaya, et ses vieilles maisons, et son église perchée comme un nid d'aigle.

M. le curé, D. Manuel de Beobide, nous fait très gracieusement les honneurs de *San Pedro de Zumaya :* à la sacristie, nous revoyons tout d'abord un tableau sur bois du XVe ou XVIe siècle représentant, non pas comme nous l'avions cru, la bataille de Lépante, mais un combat naval entre les marins de Guipuzcoa, de Castille et de Portugal.

Au bas du tableau est une inscription en caractères gothiques où nous déchiffrons péniblement : *En la era... Martinez de Mendace... año de setenta*

cinco iij mes de abril... fue la batalla et morió Fer-
nandez Errcro...

Le grand rétable du maître-autel a de bonnes
sculptures reproduisant les épisodes de la vie de
saint Pierre ; mais les deux perles de cette vaste
et haute église renaissance, d'une seule nef, sont
des tryptiques flamands sur bois ornant deux des
autels latéraux : il y a là, entr'autres, une *Cruci-
fixion* et une *Annonciation* remarquables.

Ces peintures démontrent, à n'en pas douter,
les relations suivies que les marins basques, tout
comme les Bayonnais, entretenaient jadis avec
les Flandres. Une tradition touchante veut
d'ailleurs que partie de ces peintures sur bois
aient été portées à Zumaya par des marins catholiques anglais, fuyant la persécution de la cruelle
reine Elisabeth d'Angleterre.

Du porche de l'église, fort élevé, on aperçoit le
couvent des Clarisses, de nombreux *caserios*, l'*A-
talaya de San Telmo*, et, dans le fond, la baie
d'Ondarroa, étincelant sous les feux du couchant.

M. le curé, qui est un fils de Zumaya et a suc-
cédé à ses oncle et grand-oncle, adore d'ailleurs
ses paroissiens et surtout les bons pêcheurs de
San Telmo ; il fait de nombreuses et quotidiennes
observations météorologiques et a toujours sa
longue-vue en poche ; mais il déplore qu'une
série de sémaphores ne relie pas déjà tous
les ports de ce fond du golfe, si beau à contempler par cette splendide soirée d'été, mais trop

souvent si perfide : tout dernièrement, de malheureux pêcheurs de Bermeo se sont perdus à quelques lieues de la côte, qu'ils auraient pu rallier à temps s'ils avaient été avertis de la baisse subite du baromètre.

Espérons que les justes doléances de l'excellent curé seront entendues par Messieurs de la marine castillane, et qu'entre temps saint Pierre protègera ces braves et dévoués marins.

Zumaya, *la noble y leal villa,* porte, en effet, fièrement sur son écusson les clefs et la tiare papale protégeant un navire de haut bord.

∴

Ici devraient mourir les échos déjà trop prolongés de nos excursions estivales, d'autant qu'à l'embouchure de l'Urola, nous sommes bien loin du camp retranché d'Oyarzun et des canons de San Marcos. Mais la vallée de Loyola est si voisine que nous ne résistons pas au plaisir de redire, en quelques lignes, ce qu'ont été cette année les fêtes du *Triduum* en l'honneur des nouveaux saints de la compagnie de Jésus et la fête même de saint Ignace en son cher pays d'Azpeitia.

Donc, vers sept heures, nous prenions congé de l'excellent curé de Zumaya, au seuil d'une curieuse *casa solariega*, mi-partie moyen-âge et renaissance, et nous nous enfoncions dans la gorge de Cestona, côtoyant les eaux de plus en plus rapides de l'Urola.

Cestona est déjà endormi et ne nous offre, à travers les ombres du crépuscule, que le profil de son élégant clocher ; un peu au-delà, nous traversons l'Urola et laissons à notre droite l'établissement thermal vivement éclairé à *la luz electrica*.

A neuf heures, nous faisons notre entrée dans Azpeitia, où de nombreuses lanternes vénitiennes et de modestes lampions brillent à beaucoup de fenêtres et de balcons. C'est la veille de saint Ignace.

La *Fonda de Arteche* regorge de monde, et, après souper, il nous faut aller trouver gîte chez de braves gens qui ont suspendu à tous les coins de chambre de pieuses images, et entr'autres de beaux diplômes d'agrégation à la congrégation de la *Purissima*. Nos fenêtres donnent sur une promenade, à côté de l'Urola, dont les eaux, très basses en cette saison, s'entendent à peine dans le calme de la nuit. Tout près de là, dans une cour, sont logés les taureaux destinés aux courses prochaines et que d'enragés *aficionados* viennent admirer.

.•.

Le lendemain 31 juillet, dès 5 heures, la *charanga* azpeitienne nous réveille par une aubade très douce, très harmonieuse, annonçant la fête.

Les rues, la grande place, les abords de l'église ont déjà beaucoup d'animation ; sous les arcades de la *Casa Consistorial* et dans les rues et places

voisines la foule des maraîchers et des petits marchands fait étalage et grand bruit ; beaucoup de
fenêtres et de balcons sont déjà ornés de tentures
ou de blanches draperies piquées de fleurs.

Dans l'église paroissiale de nombreux fidèles
assistent dès l'aube aux messes dites par les prêtres
des environs arrivant en foule pour la fête. Nous
revoyons avec le plus vif plaisir M. le curé Don
Augustin Jauréguy dans la superbe sacristie de son
église, et M. le Curé, avec une courtoisie toute
castillane, fait le plus gracieux accueil à notre
compagnon de voyage, M. l'abbé Pradère, vice-
archiprêtre de Saint-André de Bayonne.

Nous saluons avec non moins de plaisir M. de
Acilona, premier *alcalde*, et notre vaillant ami et
cicerone de l'an dernier, M. Arrese, dont l'obli-
geance nous fut si précieuse ; en attendant la
grand'messe, nous examinons quelques-unes de
ces vieilles *casas solariegas*, voisines de l'église et
de la *Casa Consistorial*, dont l'architecture nous
avait tant frappé l'an dernier. L'analogie de construction avec la *casa solar* de Loyola est saisis-
sante : de grosses assises de pierre avec porte ogivale ou cintrée au rez-de-chaussée ; au-dessus, deux
étages en briques avec cordons losangés, fenêtres
à meneaux, balcons en fer ouvragé, toits chevronnés finement sculptés. Serait-il téméraire de sup-
poser, contrairement à l'opinion généralement
admise dans la province, que ces *casas solares* ou
casas torres ont été ainsi bâties d'un jet, et que

jamais la *casa de Loyola* ne fut à demi rasée ? Les *hermandades* et le roi de Castille se seraient contentés de raser les *castillos y casas torres* des *Parientes mayores* les plus turbulents.

Au bout de la longue rue de Saint-Ignace, sur le bord de l'Urola et tout près de la route de Cestona, on nous montre une modeste maison, sans grand caractère, qui fut le fameux hôpital de Sainte-Madeleine, où le saint, à son dernier voyage à Azpeitia en 1535, voulut loger et servir les malades et les misérables, au lieu d'aller descendre au manoir paternel.

Cette maison n'a-t-elle pas été remaniée ou reconstruite ? Rien n'y rappelle, en tout cas, l'héroïque charité d'Ignace ; pas une inscription, pas une simple croix. Et comme nous en témoignions notre étonnement, on nous dit que les Pères de Loyola ont voulu, tout dernièrement, acheter la maison et le petit domaine : nous souhaitons vivement, avec nos amis d'Azpeitia, que ces démarches finissent par aboutir et que bientôt ces lieux vénérés rappellent à tous le passage et le séjour de saint Ignace.

Il est neuf heures et demie : la *Marcha de San Ignacio* se fait entendre, répondant au son joyeux des cloches ; la procession apparaît au bout de la longue *calle de Emparan*. En tête marchent les congrégations d'hommes, chacune avec sa bannière dont quelques-unes fort riches. La statue de saint Ignace revêtue d'une belle chasuble et la statue de la sainte Vierge des *Fueros,* avec son brillant diadème d'or et d'argent, sont portées sur les épaules des *caserios.* A la suite du clergé, marchent l'alcalde en habit noir tenant en mains la *vara* et le *sombrero de dos picos,* accompagné de ses adjoints et des autres membres de l'*ayuntamiento ;* trois *alguazils* portant le claque et l'épée à verrouil ferment le long cortège.

A dix heures, une foule nombreuse et recueillie, parmi laquelle les hommes en grand nombre et l'*ayuntamiento* occupant les places d'honneur au pied du sanctuaire, assistent à la grand'messe, dite dans l'église paroissiale par Son Excellence Mgr le Nonce du Pape à Madrid, spécialement délégué cette année par Sa Sainteté pour présider à ces fêtes. Un nombreux clergé présidé par Mgr l'évêque de Vitoria occupe le sanctuaire : au *choro,* chanteurs, organiste et instrumentistes exécutent les diverses parties de la messe, *Kyrie, Gloria* et *Sanctus* de Schubert, *Credo* de Eleizgaray, l'excellent organiste d'Azpeitia, *Benedictus* de Weber, *Agnus* de Cherubini ; musique un peu bruyante et rapide, mais supérieurement rendue.

A l'évangile, D. Pedro Uriarte prononce en basque le panégyrique d'Ignace, et, à la sortie, les vifs accords de la *Marcha* accompagnent le Nonce et sa suite. Tout le monde se presse sous le porche pour saluer les Prélats et baiser leur anneau. La *charanga* accompagne la voiture jusqu'à la sortie de la ville.

∴

L'alcalde et ses adjoints assistent aux vêpres qui sont très solennellement chantées à 3 heures ; nous remarquons surtout un *Iste confessor* et un *Magnificat* où chantres et organiste font merveille. Voilà une maîtrise, de grandes orgues et un organiste que bien des églises de France envieraient à Azpeitia !

La foule cependant a déjà envahi les estrades qui ornent la grande place ; aux balcons des maisons et à la *Casa Consistorial* les mantilles et les éventails brillent au soleil ; les courses de taureaux vont commencer et la *charanga* inaugure ses plus brillantes mélodies. Mais, au grand étonnement de nos voisins de table d'hôte déjà munis de *billetes à la sombra,* nous préférons revoir Loyola et recueillir les derniers échos des fêtes qui depuis trois jours célébraient, à côté de la *Santa Casa,* les triomphes des fils d'Ignace solennellement béatifiés cette année par le Pape Léon XIII.

Nous traversons cette ravissante vallée d'Iraurgui étincelant sous un beau soleil de juillet ; aux abords de Loyola et surtout dans l'église, le parloir et la *Santa Casa,* l'affluence des pèlerins est déjà nombreuse. M. le Supérieur veut bien nous confier à un aimable novice castillan qui, tout en nous promenant pendant deux heures de l'église à la bibliothèque et de la chapelle de saint François Borgia à l'ancienne chambre d'Ignace, nous donne de précieux et complets détails sur le Triduum qui vient de s'achever hier même.

Pendant trois jours entiers, samedi, dimanche et lundi, du 27 au 29 juillet, Son Excellence le Nonce, les Evêques de Santiago de Cuba, de Vitoria et de Ciudad Rodrigo ont présidé à tous les offices et la maîtrise d'Azpeitia a exécuté un salut et deux messes à grand orchestre, interprétant avec maëstria les œuvres de Mozart, Cherubini, Gounod, Weber, Schubert, Eslava, Eleizgaray. Les Pères Ladron de Guevara, Oyarzun, Garcia Alcalde ont tour à tour célébré du haut de la chaire les vertus et le glorieux martyre des nouveaux bienheureux de la Compagnie de Jésus.

Rappelons en quelques mots ce que furent ces fils d'Ignace, *les martyrs de Salsette,* solennellement proclamés bienheureux par le Pape Léon XIII le 6 janvier 1893. Rodolphe d'Acquaviva, Alphonse Pacheco, Antoine Francisco, Pierre Berna, prêtres ; François Arana, frère coadjuteur, furent cruellement mis à mort par les païens, le 15 juillet 1583, à Coucolim presqu'île de Salsette, près de Goa, dans les possessions portugaises de l'Indoustan, et donnèrent courageusement leur sang pour le Christ Jésus. Deux de ces martyrs, Acquaviva et Berna, étaient Italiens et l'un d'eux neveu du Père Claude d'Acquaviva, 5e général de la Compagnie ; Pacheco appartenait à une illustre famille espagnole ; Francisco et Arana étaient portugais de naissance, mais les parents de ce dernier étaient originaires d'Azpeitia où l'on montre encore, à l'entrée de la ville, la *casa solar de Arana* (1).

A ces bienheureux martyrs avait été associé un confesseur, le R. P. Antoine Baldinucci, mort en 1717.

Dans la soirée du lundi, à la suite des vêpres et d'un dernier salut très solennel, un curieux spectacle avait été offert au Nonce, aux illustres Prélats et aux nombreux étrangers : un groupe de quatorze petits Basques admirablement dressés et habillés exécutèrent sur l'esplanade, au pied du grand escalier, la danse guerrière du Guipuzcoa, l'*ezpata dantza,* et ce souvenir des vieilles gloires belliqueuses de la province venant couronner si gracieusement ce beau Triduum fut fort goûté de la noble assistance ; le Nonce du Pape et les Evêques furent les premiers à applaudir ces charmants enfants.

.
. .

Nous quittons Loyola doublement heureux du bon accueil des Pères et de ces intéressants détails et nous allons voir Azcoitia, son église et ses deux couvents.

(1) Isasti, *Compendio historial de Guipuzcoa,* p. 356. Voir pour tous les détails de la vie et de la mort héroïque de ces fils de saint Ignace : *Les Bienheureux Martyrs de Salsette, Rodolphe d'Acquaviva et ses compagnons,* par le P. Pierre Suau, S. J. Lille 1894. — *Los Martires de Salsete,* por el P. Vicente Agusti. Bilbao 1893.

Azcoitia situé à l'autre bout de la vallée est une petite ville aussi importante qu'Azpeitia : elle compte plus de 4,000 habitants avec sa vaste banlieue, et nombreux y sont les antiques *casas solares* à gros écussons : à l'entrée de sa longue et presque unique rue, bâtie au bord de l'Urola, nous trouvons une vaste *Casa de Misericordia*, hospice dont la fondation remonte à 1577 ; un peu au-delà est le *palacio* d'une des plus anciennes familles, les Idiáquez, duques de Granada de Ega, dont le blason est voilé d'un crêpe.

L'église *Santa Maria la Real* a trois nefs à colonnes hautes et élancées ; elle est admirablement bâtie et plus vaste que celle d'Azpeitia : son *choro* est superbe et, en face, le maître-autel est surmonté d'un vaste et beau rétable : l'une des chapelles latérales a été récemment ornée de belles boiseries de style gothique.

C'est à Azcoitia que naquit la mère de saint Ignace, doña Marina Saenz de Licona y Balda, de l'antique maison de Balda qui avait pour devise : *Antes Balda que Azcoitia.*

La chapelle seigneuriale de cette puissante famille fut la première église paroissiale d'Azcoitia et quand, au commencement du XVIe siècle fut construite *Santa Maria la Real*, le chef de la maison déclara, avec force menaces, qu'il ne laisserait pas violer son droit et sortir de chez lui le Saint-Sacrement. Et, en effet, quand le clergé et les magistrats vinrent en procession à la chapelle, au moment où le curé repassait le seuil, tenant en mains le Saint-Sacrement, le seigneur de Balda le tua d'un coup d'arquebuse et s'échappa ensuite par la montagne pour aller, dit-on, mourir aux Indes.

Saint Ignace, on le voit, a eu de terribles ancêtres, mais comme il sut tourner *ad majorem Dei gloriam* toutes ces féroces énergies !

L'église du couvent des Clarisses paraît fort riche. Un peu en dehors d'Azcoitia, sur une hauteur à gauche en revenant vers Loyola, est le couvent des Brigittes de *Santa Cruz*, l'un des plus riches de Guipuzcoa, mais dont l'église est fort austère. Sur l'un des autels est un corps saint apporté des Catacombes, *San Pacifico*.

Avant notre retour à Azpeitia, nous assistons dans l'église de Loyola, splendidement illuminée, à un salut solennel, tandis qu'au dehors les grosses cloches annoncent la fête du lendemain.

A Azpeitia, la *Plaza de los toros* s'est transformée le soir en salle de danse en plein air ; deux lampes électriques brillent au balcon de la *Casa Consistorial* projetant de vives lueurs ; la *charanga* et les *tamborileros* alternent les motifs les plus entraînants, et jeunes gens et jeunes filles s'en donnent à cœur joie, dansant avec grâce le *fandango* guipuzcoan et aussi, il faut l'avouer, des polkas et valses exotiques, sous les yeux bienveillants des grands parents et de nombreux pèlerins. Le tout se termine à 10 heures par un feu d'artifice couronné par l'apothéose de saint Ignace.

.
. .

Le lendemain, vers 8 heures et demie, tandis que les vibrantes cloches d'Azpeitia retentissent, nous nous hâtons vers le pont de Emparan, où déjà débouche la procession en marche vers Loyola ; entre les longues files d'hommes portant presque tous des scapulaires rouges ou bleus, marchent des enfants en soutane et barrette rouge, portant des banderolles relatant les grands évènements de la vie de saint Ignace : sa naissance, sa blessure à Pampelune, sa conversion et le reste. Une vingtaine de fillettes en blanc, couronnes en tête et ailes d'ange aux épaules, cheveux gentiment bouclés, tiennent en leurs mains gantées les cordons et rubans descendant des mains de la statue de la Sainte Vierge ; à la suite, viennent les enfants de la première communion, les fillettes en blanc, couronnes blanches, les petits garçons en veste noire avec le brassard blanc, le clergé, l'*alcalde* et l'*ayuntamiento ;* derrière eux se presse une foule de dames et de demoiselles, chantant par intervalles de fort beaux cantiques basques en l'honneur de saint Ignace. Dames et demoiselles portent le voile noir des congréganistes, et parmi elles nous remarquons d'admirables types guipuzcoans qui ont rendu si célèbre la beauté et surtout l'exquise modestie des femmes de la vallée d'Iraurgui.

La procession remonte la vallée par un pittoresque sentier côtoyant l'Urola : un soleil éclatant fait ressortir le bleu du ciel, les verts des collines et des futaies, et jusqu'aux teintes grises et roses des montagnes dénudées. Dans le fond se détache superbe la coupole de Loyola. Vers le milieu du chemin, un autel de pierre surmonté d'un stèle orné d'une croix indique la place où saint Ignace enfant, et surtout dans les premiers temps de sa conversion et de sa convalescence, aimait à venir saluer de loin la petite chapelle de *Nuestra Señora de Olaz*, située tout en face, sur le flanc de la montagne d'Izarraitz. Les personnes pieuses, c'est-à-dire tout bon Basque, ne passent jamais là sans se découvrir et réciter *una salve*.

Les abords et le péristyle du couvent sont déjà couverts d'une foule de gens qui s'agitent et se pressent pour mieux voir ; les novices et les Pères de la Compagnie sortent de l'église et vont à pas lents au devant de la procession. Arrivés au haut du péristyle, les *caserios* retournent la statue d'Ignace pour saluer Azpeitia, dont le clocher apparaît à peine dans le lointain.

Pendant que porteurs de bannières, petits cardinaux et anges aux blanches ailes, *alcalde* et clergé vont déjeuner au réfectoire des bons Pères, les pèlerins visitent l'église, et surtout la *Santa Casa*. On se prosterne dans le sanctuaire du deuxième étage, où Ignace blessé se convertit, on y baise à deux genoux une relique du saint; on se confesse au premier étage. Et pas un cri, pas une bousculade dans cette foule où l'élégante mantille de Castille frôle le modeste mouchoir blanc des filles du pays. Dans les coins, nombre de paysans et paysannes récitent le rosaire et admirent les nombreux tableaux et sculptures : deux braves *guardias civiles,* postés là, bien tranquilles, regardent cette pieuse affluence.

Vers 10 heures commence la messe pontificale, chantée par le Nonce. Dans le chœur siègent les évêques de Santiago de Cuba, de Ciudad Rodrigo et de Vitoria ; l'*alcalde* et l'*ayuntamiento* d'Azpeitia occupent en face du superbe maître-autel les places d'honneur ; l'église est occupée par de nombreux pèlerins, la plupart debout ou à genoux sur le pavé ; à la tribune de l'orgue, la maîtrise d'Azpeitia exécute le *Kyrie* et le *Sanctus* d'Eleizgaray, le *Gloria* de Gounod, le *Credo* de la messe du sacre de Cherubini (admirablement rendus), et dans les intervalles les belles orgues de Cavallié-Coll font entendre de mélodieuses harmonies qui, sous cette belle coupole, produisent un effet superbe.

A la suite de l'évangile, le P. Ricardo Garcia prononce avec une fougue toute castillane le panégyrique d'Ignace, à la fois confesseur, apôtre et martyr, ou par lui-même ou par ses fils. Saint Ignace, salué de son vivant même du nom de fou et du titre de saint, est un géant dont la noblesse et la grandeur vraiment inspirées de Dieu ont heureusement bouleversé le monde chrétien, le sauvant tout ensemble des hontes du paganisme renaissant et des ignominies de la prétendue réforme. Le débit de l'orateur est véhément, son action énergique et accentuée, si accentuée même qu'à l'un des moments les plus pathétiques une brave femme à nos côtés pousse un soupir et dit à demi voix ce mot qui peint bien la pieuse vénération de tous ces braves gens pour les fils de saint Ignace : *El pobre ! como se canza !*

La *Marche de Saint Ignace* chantée par tout ce peuple et accompagnée par les orgues et l'orchestre couronne magnifiquement vers midi cette belle messe. Tout le monde court aux voitures pour aller dîner, qui à Ascoitia, qui à Azpeitia ; le long du chemin, les pèlerins se hâtent pour devancer la procession et assister à son retour.

A l'entrée d'Azpeitia on nous montre, sur la gauche, la *casa solar de Arana*, l'un des martyrs de Salsette, toute ornée de guirlandes triomphales.

.
. .

Il faut, hélas ! songer au retour : nous montons en *cesta* à 2 heures et demie pour gagner Tolosa par la montagne.

La route s'engage au sortir d'Azpeitia dans un délicieux vallon, tout émaillé de prairies, de champs de maïs, de bouquets d'arbres ; dans le fond coule un torrent ; de loin en loin apparaissent quelques *caserios*, et à mesure que nous montons, nous voyons derrière nous s'élever et grandir les deux montagnes qui, au midi, dominent la vallée de Loyola.

A Regil nous visitons l'église dédiée à saint Martin : il y a deux beaux autels et une assez vaste sacristie avec un curieux et naïf tableau représentant le martyr d'un fils de saint Dominique avec cette inscription :

Hijo de Rexil

El B. Fray Domingo de Herquicia padeció treinta horas de martyrio en 18 de agosto del año de 1633 y 44 de su edad.

Regil est-il, comme le croient certains historiens de Guipuzcoa, Garibay entr'autres, l'antique *Arraxilium* où les vaillants Cantabres acculés par les Romains durent enfin s'avouer vaincus ? Faut-il, au contraire, chercher dans les montagnes asturiennes ce dernier boulevard de l'indépendance euskarienne ? Grave et difficile problème que les terribles combats de la première guerre carliste au cœur de ces montagnes ont fait oublier.

Car, le croirait-on, ces vallées, ces montagnes aujourd'hui si paisibles et si riantes, ont vu toutes les horreurs de la guerre civile !

Depuis Regil la route continue de monter contournant par de pittoresques lacets les contreforts de l'Hernio, l'une des plus hautes montagnes du Guipuzcoa : à nos pieds sous les feux d'un splendide soleil, la vallée se déploie plus merveilleuse encore. De loin en loin à un tournant nous apparaissent et le clocher de Regil et les montagnes de Loyola. Sur ces pentes déjà fort raides les champs se succèdent, et les moindres ravins, autour des *caserios,* sont soigneusement cultivés. Hommes et femmes travaillent aux champs et répondent gracieusement à nos *adios !*

Tout au haut des lacets, à 500 ou 600 mètres d'altitude, nous traversons le col sous un pont gracieux et hardi qui relie deux quartiers de la montagne et nous descendons rapidement vers Vidania.

Ce petit village de 800 à 900 âmes, aux maisons très dispersées, aux champs riches et bien cultivés, a une église toute neuve, admirablement construite en belles pierres grise et consacrée à saint Barthélemy. Nous buvons un bon verre de cidre dans le *patio* de la *casa concejil,* et reprenons notre route.

La descente se fait de plus en plus rapide : dans le fond d'un délicieux vallon nous apercevons Albistur, dont l'église, la *Casa Consistorial* et quelques maisons avec tourelles se détachent merveilleusement sur le fond vert de ses champs et de ses bois : Albistur porte le titre de *noble y leal villa,* et à son écu brillent deux châteaux et deux lions, car ce fut jadis un *villazgo* d'une certaine importance, allié de Tolosa sa voisine.

Aujourd'hui Albistur compte un peu moins de mille âmes ; mais quel rêve ce serait d'asseoir sa vie dans ce délicieux petit vallon frais et gracieux !

Le vallon a déjà disparu et nous descendons toujours : la route côtoie les eaux babillardes d'un torrent le long duquel se succèdent moulins et minoteries, et enfin tout au bas un grand aqueduc à ciel ouvert qui court vers Tolosa.

Il est déjà près de 6 heures et le temps nous manque pour visiter l'ancienne capitale de Guipuzcoa. Mais à la gare, et au moment de monter en wagon, nous avons le plaisir de saluer un des plus vaillants fils de Guipuzcoa, D. Eugenio Lopez, le courageux éditeur dont les presses ont déjà mis au jour de nombreux et savants ouvrages basques : les dictionnaires de D. José Francisco Aizquibel et de D. Pedro Novia de Salcedo, la Grammaire des quatre dialectes euskariens de D. Arturo Campion et une foule d'œuvres diverses, sans compter de nouvelles et curieuses éditions des *Annales de Navarre* du P. José de Moret et des *Averiguaciones de las Antiguedades de Cantabria* du P. de Henao.

Les quatre premiers volumes de cette dernière œuvre ont seuls paru, et M. Eusebio Lopez nous promet pour les tomes suivants des documents inédits sur saint Ignace.

Et tandis qu'à toute vapeur le train filait, traversant Beasain, Hernani, Saint-Sébastien, le soleil couchant empourprait l'horizon et jetait sur l'Euskal Erria ses derniers rayons, éclairant de lueurs vives encore San Marcos, le Jaizquibel, les eaux bleues de la baie de Passage.

Quand nous traversons la Bidassoa, nous distinguons à peine, noyés dans le crépuscule, les vieux murs et le clocher de Fontarabie; et en descendant, à la nuit close, à la gare de Hendaye, nous nous disions : Non, ce peuple basque qui sait si fidèlement garder ses meilleures traditions et qui a tout ensemble le respect intelligent du passé et la vaillante activité américaine, n'est pas près de finir. Longtemps encore et toujours, langue et mœurs, culte et traditions, feront des sept provinces le vaillant et original Pays Basque : *Zazpiak bat*.

APPENDICE

Poésies couronnées au concour des fêtes de Saint-Jean-de-Luz

ESCUALDUNAC

1

Nahi duzue jakin gure arbasoac,
Miaturic leihorrac eta itsasoac,
Zergatic Cantabrian zitazken cocatu ?
Toki hoberic nihon ezinez causitu.

2

Zeru gaina maiz urdin, denbora maiz gozo,
Hiru laurdenac leihor, bertzea itsaso,
Asco mendi aberats, zelhai gizen asco...
Non holacoric causi urus bizitzeco !

3

Horchet da Escualduna bere gain jarrico.
Arrotzari ez dio deus ere khenduco ;
Bainan ez nihor hurbil hartaz nausitzeco :
Nihola ez du nahi bertzeren azpico.

4

Erromaco harmada, lurra bentzuturic,
Heltzen da hunaraino gogoa suharric,
Bainan Escual-herriac ez eman amorric :
Cesar ihesi doha ongi zafraturic.

5

Libertate maiteaz jabe gelditzeco,
Escualdunac geroztic egin du lan asco,
Bera bere lurretan Jaincoz landa nausi,
Berac egin legetan nahi zuen bizi.

LES BASQUES

I

ous voulez savoir pourquoi nos aïeux,
près avoir parcouru les continents et les mers,
fixèrent dans la Cantabrie?   [gîte.
C'est que nulle part ils ne trouvèrent meilleur

2

n fond de ciel souvent bleu, une atmosphère
                                    [souvent douce,
ois quarts de terre ferme, un quart d'océan,
aintes riches montagnes, maintes plaines plan-
                                    [tureuses.
ù trouver aussi bien pour vivre heureux!

3

est là que le Basque s'établit indépendant.
n'enlèvera rien à l'étranger;   [rir;
ais que personne ne s'approche pour le conqué-
ne veut à aucun prix du joug des autres.

4

armée romaine, ayant vaincu le monde,
rriva jusqu'ici, l'âme pleine d'ardeur;
ais le Pays Basque ne cède pas,
César s'enfuit, rudement flagellé.

5

ur rester en possession de sa chère liberté,
Basque depuis encore a fait de grands efforts.
aître lui seul, après Dieu, de son pays,
voulait vivre sous les lois que seul il faisait.

6

Espa\u00f1an Gernicaco arbolaren pean,
Frantzian lehenago Haitzeco gainean,
Zer icusgarri ziren Escualdun biltzarrac!
Han guzientzat bardin chuchentzen macurras.

7

Eta horiec orai ametsac iduri...
Gure zuzen guziac dauzcute ebatsi.
Oi ! libertate saindu, izar goibeldua,
Agian ez zaitugu beticotz galdua !

8

Hala hala zainetan odolic duguno,
Ez ahal darozcute nihorc ebatsico
Gure mintzaira zahar, pareric gabea,
Eta oroz gainetic gure sinhestea !

9

Aspaldi bizi gare Cristoren legean,
Betitic sinhetsiric Jainco bakharrean.
Igandetan lorian gure elizetan,
Guziac garelaric cantaz hari betan.

10

Aintzindariac hemen dire obeditzen,
Ez dueno manuac arima colpatzen;
Halaber ohorezki zaharrak ekhartzen,
Erromesac, eriac, gogotic laguntzen.

11

Mari\u00f1el, edo artzain, edo laborari,
Lanean nekhatuz da Escualduna bizi :
Bainan halaric ere, Escualdun etchea
Maiz ohatze pullit bat chori\u00f1oz bethea.

12

Escual-herri guzian oi ! zer gazteria,
Maite dueno choilki bere sor-herria !

6

En Espagne, sous l'arbre de Guernica,   [Haitze,
En France plus anciennement, sur la colline de
Quel spectacle que les assemblées des Basques !
Là, dans une égalité parfaite, on redressait tous
                                             [les torts.

7

Et cela maintenant nous paraît un rêve...
Ils nous on volé tous nos droits !
O sainte Liberté, astre voilé,   [toujours.
Fasse le Ciel que nous ne t'ayons pas perdu pour

8

Par exemple, tant que nous aurons du sang dans
                                             [les veines,
Ce que sans doute personne ne nous volera,
C'est notre vieille langue, sans pareille,
C'est par dessus tout notre foi.

9

Dès longtemps nous vivons sous la loi du Christ,
Ayant cru toujours à un Dieu unique,
Heureux les dimanches dans nos églises
Lorsque nous chantons tous d'une même voix.

10

Ici l'on obéit à l'autorité,
Tant que le commandement ne blesse pas l'âme ;
Ici encore on honore les vieillards,   [malades.
Et volontiers l'on prend soin des pauvres et des

11

Marin, pasteur ou laboureur,
Le Basque vit à la sueur de son front ;
Et néanmoins la maison basque
Est souvent un joli nid, peuplé d'oisillons.

12

Quelle admirable jeunesse dans le Pays Basque
Tant qu'elle reste attachée à la terre natale !

Zergatic du sobra maiz bilhatzen hiria,
Cascoinduz icasteco frango tzarkeria !

13

Bai, egiaz, eder da Escualdun lerdena,
Su pindarrac begian, zaluric dohana,
Gerrico sedarekin, poneta buruan,
Ezpartinac oinetan, makhila escuan.

14

Escualduneri beha phesta egunetan,
Batzu jauzi-motchetan, bertzeac pilotan...
Ez da nihon ez dantza, ez joco hoberic :
Zertaco bertzeric har horiec utziric ?

15

Españan Nabar, Biscai, Alaba, Gipuzco,
Frantzian Bachenabar, Laphurdi, Zubero,
Zazpi herri hauc dire Esculdunen toki :
Ez dezake pareric iguzkiac argi.

16

Biba beraz goraki, biba Zazpiac bat !
Iduri dute casic zeruco choco bat.
Zazpietaco seme, Escualdunac oro,
Gauden elgar maitatuz orai eta gero.

BI ESCUALDUN.

Pourquoi trop souvent recherche-t-elle la ville,
Où, *gasconnisée,* elle apprend maintes vilenies!

13

Oui, vraiment, il est beau, le Basque svelte,
L'œil en feu, dans sa vive allure,
La ceinture de soie aux reins, le béret à la tête,
Chaussé de sandales, le *makhila* à la main!

14

Regarde les Basques dans leurs jours de fête :
Les uns dansent le *saut basque,* d'autres jouent à
[la pelote,
Il n'est nulle part ni danse, ni jeu qui vaille mieux :
Pourquoi donc les laisser pour en prendre d'autres?

15

Navarre, Biscaye, Alava, Guipuzcoa pour l'Espagne,
Pour la France Basse-Navarre, Labourd et Soule,
Voilà les sept provinces qui forment le domaine du
[Basque.
Le soleil n'en saurait éclairer d'aussi beau.

16

Vive donc de tout cœur, vive les *Sept-une.*
Ne dirait-on pas d'un coin de ciel?
Enfant des sept, nous tous Basques   [toujours.
Demeurons dans un mutuel amour maintenant et

DEUX BASQUES.

9

*Ohorezko lehen aiphamena kantu hauk eman
dituenari*

EUSKAL-ERRIA
bere oitura, usantza eta libertade zarrak

Azalkaya : Euskal-Erri maiteari.

Asiera

¿ Nun arkituko det nik lira bat
    Orain gogoz kantatzeko ?
¿ Nun arkituko, Euskal-erriko
    Gloriak alabatzeko,
Bere oitura ta libertadien
    Gañean itzegiteko?
¿ Nun, bada, nun det nik arkituko
    Lan au posez egiteko ?

¿ Arkituko det lira eder au
    Chorichoen kantuetan?
¿ Arkituko det larrosachoen
    Orri gorri gorrietan ?
¿ Arkituko det iñtz goiz tarraren
    Perla dizdizarietan,
Bestela berriz Euskal-errian
    Ditugun kantu ederretan ?

¡ Ah ! baditugu bai Euskualdunak
    Chorichoak arboletan,
Bai eta ere larrosachoak
    Intzez beteak, menditan ;
Kantu ederrak aditzen dira
    Gure baserrichoetan ;
Bañan badegu beste gauza bat
    Bai gure kondairaetan.

¿ Badakizute zer gauza dan au
    Guk euskaldunak deguna,
Gure biotzak, Euskal-lurrean
    Geyena maitatzen duna?

Première mention honorable à celui qui a composé ce chant.

LE PAYS BASQUE

ses vieilles traditions, ses usages et ses libertés.

Dédié à mon Pays Basque bien-aimé.

PROLOGUE

Où trouverai-je une lyre
Pour chanter dignement à cette heure ?
Où la trouverai-je pour célébrer
Les gloires de mon pays Euskarien,
Pour dire ses traditions antiques
Et ses libertés d'autrefois?
Où donc trouverai-je cette lyre
Qui m'aide en ce joyeux travail?

Je la trouverai, cette lyre harmonieuse,
Dans les chants de nos petits oiseaux,
Je l'aurai là dans les corolles toutes rouges
Des petites roses de l'églantier,
Dans les perles brillantes
De la rosée matinale :
Aussi bien dans les mélodies
Dont résonnent les échos de la contrée.

Oui les Basques, nous aussi,
Nous avons des oiseaux dans la feuillée,
Nous avons sur nos montagnes
L'églantier qui se perle de la rosée du matin.
Les échos de nos villages
Retentissent de bien beaux chants.
Mais nous possédons encore une autre chose,
Oui, de bien célèbre dans notre histoire.

Savez-vous quelle est cette chose sacrée
Que nous Basques nous possédons,
Et que sur toute la terre Euskarienne
Notre cœur aime le plus ardemment?

Gernikan degun aritz santuba
  Gure gauzetan maitena,
¿ Au ez da, bada, Euskal-erriko
  Gauzetan, onen-onena ?

Aritz chit santu onen azpian
  Nai det nik orain kantatu,
Zergatik bere osto ederretan
  Lira au detan arkitu ;
Eta onela nere kantua
  Pozez, bai, det nik moldatu,
Arbol santuko itzal gozoak
  Diradelaco lagundu.

Zeruko musa garbi garbiak
  Lagun ¡ bai ! neri kantatzen,
Euskal-erriko libertadeak
  Ote ditugun ekartzen !
Gernikan degun aritz santuba
  Beti ote dan bizitzen ;
Gure barrengo odolarekin
  Bestela degun alchatzen.

I

JAI EGUNEAN

Loreak bere orriya
  Dauka intzez chit bustiya ;
Cabi-chuloan posez beterik
  Kantatzen ai da choriya ;
Bildocha dago alaiya ;
  Pozturik guzti guztiya.

Eleizachoko dorrean
  Ezkillak jo du goizean,
Nekazariya mezara dator
  Ezkill soñula aditzean,
Alai dago biotzean
  Kanpo ederra ikustean.

C'est le saint chêne de Guernica,
Ce que nous avons de plus chéri.
Et n'est-ce pas que c'est ce qu'il y a
De plus précieux dans nos pays?

C'est à l'ombre de ce chêne sacré
Que je veux chanter aujourd'hui,
Parce que c'est dans son beau feuillage
Que j'ai trouvé ma douce lyre.
Et comme cela je vais joyeusement
Moduler ma chanson.
Assuré que le délicieux ombrage du saint arbre
Inspirera ma verve.

O Muses célestes, ô muses si pures!
Aidez-moi oui à chanter.
Si nous savons soutenir encore
Les libertés du Pays Basque,...
Si le vénéré chêne que nous avons à Guernica
Vit toujours,
Si nous le tenons debout
Au prix même du sang qui circule en nous.

I

LE JOUR DE LA FÊTE

Et voilà que nos fleurs
Ont leurs corolles mouillées de rosée.
Les oiseaux ont commencé leur concert,
L'agneau bondit joyeux dans la prairie,
Et que sa joie est grande et pleine!

Au clocher de l'humble église
L'airain a déjà sonné,
Le travailleur vient à la Messe
En entendant la cloche sainte.
Il a l'allégresse au cœur
En voyant la campagne si belle.

Eleizachoan sarturik,
  Jaunari erreguturik,
Meza santuba bukatutzean
  Eleizatik aterarik,
Mendi bidea arturik
  Dijoa oso pozturik.
. . . .
. . . .

Euskal-errian beti izan da
  Eta izango fedia,
¿ Onela nola ez da biziko
  Pakean ango jendia ?
¡ Fede santuba, fede santuba !
  Gure biotzetan gordia,
Iduki zazu zure eskutik
  Gure ama Euskal-erria.

II

EUSKAL-ERRIKO DANTZAK

Erri chiki bateko
  Plaza politian,
Dantzan ai da jendea
  Umore onian ;
Aurrezkua dantzatzen
  Plazaren erdian
Ai dira ; eta poza
  Daukat biotzian,
Dantzatzen ikustean
  Osoro pakian.

Eguna badijoa
  Bukatzen... bukatzen
Ta berriz eguzkiya
  Illuntzen... illuntzen ;
Illargiya zeruban
  Bakarrik da ikusten,

Etant entré dans le saint lieu ;
Ayant prié là le Seigneur ;
La Sainte Messe achevée ;
Etant sorti de l'église ;
Prenant le chemin de la montagne,
Il s'en va tout joyeux.

. . . .

. . . .

C'est que dans le Pays Basque la Foi
A toujours régné et régnera.
Et comment ses habitants
Ne vivraient-ils pas ainsi en paix ?
O Foi sainte, ô Foi sainte,
Vous conservée pure dans nos cœurs
Tenez toujours de votre main
Notre mère l'Eskualherria.

II

LES DANSES DU PAYS BASQUE

Dans la jolie place
D'un petit village,
Les gens sont à danser,
De bonne humeur.
C'est l'Aureskou qu'ils dansent
Au milieu de la place ;
Et grande est la joie
Que j'ai au cœur
En voyant ces ébats
D'un peuple tout entier dans la paix.

Le jour s'en va,
Il s'achève, il s'achève,
Et l'éclat du soleil
S'assombrit, s'assombrit.
Déjà c'est la lune seule
Qui se voit au ciel.

Gaba piskabanaka
    Azi da etortzen,
Eta eleizachoko
    Ezkillak du jotzen.

Dantzan ai zan jendeak
    Ezkilla aditzian
Gau beltza datorrela
    Berak pensatzian,
Ta illargiya zeruban
    Triste ikustian,
Guztiyak dijoaz bai
    Ezkilla isiltzian,
Ta plaza gelditzen da
    Bakartasunian.

. . . .
. . . .

Euskal-erriko dantza soñubak
    ¿ Zeiñi ez zaizka gustatzen ?
Euskal-erriko oitura zarrak
    ¿ Zeñek ez ditu maitatzen ?
Ooitura eta usantza oek
    Baditugu guk ikusten,
¿ Nola gintezke erri maitean
    Ez egon beti pensatzen ?

III

GABON

Alaia eta tristea : edo, baserrietan eta arrantzalien echeetan.

Elur zuriyak estaltzen ditu
    Mendi, baso ta zelaiyak,
Triste kantari, adarrez-adar,
    Ai dira chori chikiyak,
Baserritako sukaldietan
    Berotzen nekazariyak,
Salechietan gorderik daude,
    Otzez beterik, ardiyak.

La nuit petit à petit
A commencé à arriver,
Et de la petite église
La cloche sonne.

Ces gens qui dansent
En entendant la cloche,
Et observant eux-mêmes
Que la nuit arrive,
Et voyant au ciel
La lune triste,
Tous de là se retirent
Quand se tait la cloche,
Et la place reste
Toute seule déserte.

. . . .
. . . .

Les sons des danses du Pays Basque,
A qui ne plaisent-ils pas?
Quel est celui qui n'aime pas
Ces us et coutumes que voilà,
Que nous, nous contemplons?
Comment dans notre bien-aimé pays
Ne resterions-nous à en rêver?

III

BONNE NUIT

*Joie et tristesse; ou, dans les villages et dans les maisons
des mariniers.*

La blanche neige couvre
Montagnes, forêts et plaines.
Tristes chanteurs, de branche en branche
S'agitent les petits oiseaux.
Aux foyers des hameaux
Se chauffent les laboureurs,
Dans les bergeries se tiennent retirées
Les brebis qui ont grand froid.

Gabon gaba da ; gabon gaba da
  Kantatzen dute mendiyan :
Kant'ori bera jende guztiyak
  Pozez beterik, erriyan ;
Aditzen ez da beste gauzarik
  Etchetako atariyan :
« Poztu gaitezen, gabon gaba da, »
  Erantzuten baserriyan.

¡ Zer pozgarriya nan ikustea
  Elkharturik familiya,
Egiten denak, pozez beterik,
  Gau artako afariya !
An ikusten da amonachoa
  Alaiturikan guztiya,
Dadukalarik bere ondoan
  Billobacho chit eztiya.

Dana poza da gabon gabean
  Euskal erriko menditan,
Baso-tartean eskutaturik
  Diran baserrichoetan ;
Ez da ikusten batere penik
  Eche geyen geyenetan ;
Bañan, ¿ nork daki ote dagon, bai,
  Orduban norbait penetan ?

Aditzen ditut, penaz beterik,
  Alargun baten negarrak,
Bere ondoan gordetzen diran
  Umechoen deadarrak ;
Aditzen ditut, denbora berez,
  Itsas soñu chit gogorrak ;
Ikara sartzen digu barrenen
  Turmoi gogorren dardarrak.

¿ Nun dikan dator, orren mintsua,
  Alargun aren negarra ?
¿ Nundikan dator ume gaisoak
  Egiten duten deadarra ?

Bon soir; il est nuit. Bon soir, il est nuit.
On le chante dans la montagne.
Et c'est le même chant que pleins de joie
D'autres répètent dans la ville.
L'on n'entend rien autre chose
Devant la façade des maisons.
« Réjouissons-nous, bonsoir; il fait nuit. »
Que l'on répète dans les hameaux.

Qu'il fait plaisir de voir
La famille réunie.
Qui fait pleine de joie
Le repas de ce soir!
C'est là que se voit la petite grand'mère
Toute réjouie
Qui a près d'elle
Sa toute douce petite-fille.

Tout est à la joie dans la veillée
A la montagne du Pays Basque
Dans les hameaux retirés
Parmi les forêts.
Il ne se voit aucune peine
Dans la plupart des demeures;
Mais qui sait, s'il y a, hélas!
Alors quelqu'un ailleurs dans la peine?

J'entends les larmes pleines de douleur
D'une veuve éplorée
Et les cris lamentables des enfants
Qui se tiennent serrés contre elle;
J'entends aussi en même temps
Des bruits de mer bien durs;
Les grondements de l'affreuse tempête
Nous pénètrent de frayeur.

D'où vient cette voix,
La plainte de cette veuve là?
D'où viennent les cris désespérés
De ces pauvres enfants?

¿ Nun dikan dator, itsas aldetik
    Alako marru gogorra ?
¿ Eta nundikan ikaragarri
    Turmoi gogorren dardarra ?

Alargun gaiso arentzat ez da
    Gau artan pena baizikan ;
Bere biotzeko senar maitea
    Goizean aterarikan,
Arratsaldean bere portuko
    Bidea, bai, arturikan,
Yto zan bada, bere umeak
    Miseriyan lagarikan.

Miseri oek ikusirikan
    ¿ Nork ez du negar egiten ?
Alargun aren tristetasuna
    Baldin badegu ikusten,
¿ Nola ez diogu, oso gogotik
    Bere penetan laguntzen ?
Karidadeaz, jende guztiyak
    Orain erruki gaitezen.
. . . .
. . . .

Alaitasuna, baserrichoan
    Degu posez guk ikusten.
Aur ayen penak ikusirikan
    Tristuraz gera betetzen,
Alargunaren negar samiñak
    Oso gaitu gu penatzen ;
Mundu ontako gauzak dirade
    Beti onela gertatzen.

IV

EUSKAL-ERRIKO KANTUAK

Euskal-erri daneko
    Baserrichoetan
Kantu zarrak dirade
    Kantatzen gabetan ;

D'où vient, du côté de la mer,
Un mugissement si rude,
Et d'où vient encore si effroyable
Le trépidement de l'atroce tempête?

Pour cette pauvre veuve il n'y a
En cette nuit que de l'affliction ;
L'époux chéri de son cœur
Etant sorti le matin,
Puis dans la soirée ayant pris
Le chemin du port,
Se serait donc noyé, ayant laissé
Ses enfants dans la misère.

En voyant ces misères là,
Qui n'en pleurerait pas?
Et si nous voyons l'affliction
De cette veuve,
Comment de tout notre cœur
Ne lui viendrions-nous pas en aide?
Par la charité, tout le monde,
En ce moment soyons compatissants.

. . . .
. . . .

Nous voyons avec joie
L'allégresse dans le village.
A la vue du désastre de ces orphelins
Nous nous remplissons de tristesse.
Les pleurs amères de la veuve
Nous affligent entièrement.
Les choses de ce bas monde
Arrivent toujours de la sorte.

IV

LES CHANTS DU PAYS BASQUE

Dans les villages
De tout le Pays Basque
Les vieux chants
Se chantent la nuit ;

Poz aundia daukagu
  Gure biotzetan.
Kantu oek aitzean
  Gure mendietan.

¿ Zeñek ez dauka poza
  Oek aditzian?
¿ Zeñek malkoa ez dauka
  Aitona ikustian,
Kantatzen gogotikan
  Bere baserrian?
. . . .

. . . .
¡ Bakea bear bada
  Dago Eukal-errian!

¿ Zeñek ez du sentitzen
  Zerbait biotzian,
Ama batek aurrari
  Gogoz kantatzian.
Lo, lo nere maitea.
  Berari esatian?
¿ Malko gabe zein dago
  Au aditutzian?

Kantatu ditut Euskal-erriko
  Oiturak, posez beterik,
Nere sort-erri chit maitearen
  Gloriak gogoraturik ;
Euskal erriko oitura oek
  Guk guztiok ikusirik,
¿ Zeiñ ateratzen da pena gabe
  Bere sort-erri maitetik?

EUSKAL-ERRIKO LIBERTADE ZARRAK

Euskal-erriko libertadeak
  Nai nituke nik kantatu,
Nere sort-erri chit maitearen
  Gloriak oso alchatu ;

Nous avons joie grande
Dans nos cœurs
En entendant ces chants
Sur nos montagnes.

Qui n'aurait pas grande joie
A les entendre ?
Qui n'aurait des pleurs d'émotion
En voyant le grand-père
Chanter de tout son cœur
Dans son hameau ?

. . . .
. . . .

La paix peut-être
Règne dans le Pays Basque.

Quel est celui qui n'éprouve,
Quelque chose au cœur,
Lorsqu'une mère à son enfant
Est à chanter par cœur
« Dors dors, mon bien aimé »,
En lui adressant à lui-même ces paroles :
Sans pleurer d'émotion qui resterait
En entendant ceci ?

J'ai chanté joyeusement
Les usages du Pays Basque
Ayant songé aux gloires
De mon bien chéri pays natal.
Quand nous avons vu
Ces traditions du Pays Basque,
Qui de nous sortirait sans peine
De son cher pays natal ?

LES VIEILLES LIBERTÉS DU PAYS BASQUE

Je voudrais chanter
Les libertés du Pays Basque,
Je voudrais exalter tout à fait
Les gloires de mon bien aimé pays.

Galdu dirala libertadeak
   Pensaturik naiz penatu,
Foru santubak gogoratzian
   Osoro naiz ni tristetu.

Baserrichoko agurechoa
   Ikusten det sukaldean,
Idukirikan billobachoak
   Bai, bere aldamenean ;
Onek gogotik Euskal-erriko
   Gloriak kantatutzean,
Malkoa zait, bai, nere begitik,
   Erori, oni aditzean.

« Euskal-errian libre gerade
   Ta gera beti izango,
Zergatik gure libertadeak
   Beti ditugun maiteko... »
Esaten zuben aitonachoak :
   « ... Oek ez dira kenduko,
Gure odola lenago degu
   Pozez, bai, guk isuriko... »

« ... Euskal-errian dira bi aritz
   Ipiñiak Jaungoikuak,
Gernikan eta Ustaritzen, bai,
   Aspalditik alchatuak ;
Aritz oetzaz gogoratzian
   Erortzen zaizkit malkuak,
Zergatik diran bi arbol oek
   Biotzetik maitatuak... »

Aitonachoak pozez beterik
   Auche suben bai kantatzen,
Nere begiyak, au aditzian,
   Malkoa zuben ichurtzen ;
Nere biotza piskabanaka
   Dijoa penaz sufritzen,
Ezin nezake denbora askoan
   Segitu, ez, nik kantatzen.

J'ai senti grand'peine en pensant
Que perdues sont nos libertés ;
En songeant à nos Fueros sacrés,
Entièrement je me suis attristé.

Je vois assis près du foyer
L'ancien du village
Tenant ses petits-fils
Enlacés sur ses genoux ;
Pendant qu'il leur chantait
Les gloires du Pays Basque,
Des larmes, vraiment, en l'entendant
Me sont tombées des yeux.

« Nous sommes libres dans le Pays Basque
        « Et nous le serons toujours
« Parce que toujours nous aimerons
        Nos vieilles libertés. »
Le vieux grand-père ajoutait :
« ... Non, on ne les enlèvera pas,
« Nous verserons plutôt nous
« Volontiers notre sang.

« Au Pays Basque il y a deux chênes
« Créés par Dieu,
« A Guernica et à Uztaritz
« S'élevant haut depuis longtemps.
« Quand je songe à ces deux chênes
« Les larmes me tombent des yeux,
« Parce que ces deux arbres là
« Sont les chéris de nos cœurs... »

Le vieillard plein de joie
Chantait cela même,
Et mes yeux en l'entendant
Versaient des larmes ;
Mon cœur menu brisé
S'en va souffrant de grandes peines,
Je ne pourrais, non, moi, longtemps
Continuer ce triste chant.

¡ Libertadeak ! ¡ libertadeak !
    ¿ Nun zaudete, nun, gorderik ?
¡ Foru santubak ! ¡ foru santubak !
    ¿ Nun, bai, nun ezkutaturik ?
¿ Nun dira arkitzen Euskal-erriko
    Lege santubak azturik,
Ydukirikan Euskal-erriko
    Semeak, onen tristerik?

Galdu ziraden, galdu ziraden,
    Bai gure libertadiak,
Nork daki noiztik, gordetzen ziran
    Euskal-erriko legiak ;
Galdu ziraden *foruak* eta
    Gure usantza guztiak,
¿ Ez gera egongo Euskaldun denak
    Orain osoro tristiak ?

Euskaldun danak elkar gaitezen
    Lege zarrak ekartzeko,
Beren laguntza gozo arekin
    Oso libre bizitzeko ;
Geroago ta biziroago
    Sort-erria maitatzeko,
Eta onela, beti ta beti,
    Oso doatzu izateko.

BUKAERA

Kantatu det nik, aritz zar maite
    Anziñakoen azpian,
Euskal-erriko oitura eta
    Libertadien gañian ;
Kantatu det nik gure aitonen
    Lur santu oso maitian
Mundu erotik iges egiñik
    Chori ta lore tartian.

¿ Zeñek ez ditu gogoz maitatzen
    Kafi-chuloko choriyak ?

Libertés ! ô libertés !
Où êtes-vous ! où vous êtes-vous cachées !
Fueros sacrés, ô saints fueros !
Où avez-vous disparu ?
Où se trouvent-elles encore en usage
Les saintes lois du Pays Basque ?
Alors que les fils de ce noble pays
Sont retenus par tant de tristesse.

Elles s'étaient perdues, oui perdues
Nos vieilles libertés.
Et qui sait depuis quand se conservaient
Les lois du Pays Basque,
Ils sont perdus et nos fueros
Et tous nos usages.
Et maintenant tous les Basques
Nous ne resterions pas affligés?...

Tous les Basques, unissons-nous
Pour soutenir nos vieilles lois.
Et pour vivre tout-à-fait libres
Sous leur douce protection,
Pour chérir de plus en plus ardemment
Notre pays natal,
Et pour être ainsi
Toujours, toujours heureux.

FIN.

J'ai chanté, sous les chênes
Vieux et chéris de nos ancêtres,
J'ai chanté sur les traditions
Et les Libertés Euskariennes.
J'ai chanté sur la terre sacrée
Et bien-aimée de mes aïeux,
Ayant fui du milieu d'un monde insensé,
J'ai chanté parmi les oiseaux et les fleurs.

Quel est celui qui n'aime bien
Les oiseaux reposant dans leurs nids?

¿ Usai gozoa zabaltzen duten
　　Larrosochoen orriyak ?
¿ Zeñek ez ditu pozez beterik
　　Ikusten gure mendiyak?
¡ Zer gauza eder maitagarriak
　　Dituen Euskal-erriyak ! -

Lore, zelaicho, baso ta mendi,
　　Asko zaituztet maitatzen,
Zergatik nere erri maitean
　　Zeraten zubek ikusten ;
Euskaldun danak zuen aldean
　　Gozo gerade bizitzen ;
Zuen ondotik atera ezkero,
　　¿ Zenek ez du pena artzen ?

Euskal-erriko oitura zarrak
　　Saya gaitezen gordetzen,
Gure aitonen lege santuban
　　Ote geraden bizitzen ;
Chit anziñako libertadeak
　　Ote ditugun ekartzen,
Eta onela bizi guztian
　　Doatzu geran izaten.

¡ Euskal-erria ! Euskal-erria !
　　Nere sort-erri maitea,
Nere lan dena da ta izango da
　　Zu beti maitatutzea
Libertade ta lege zarrakin
　　Pakean zu ikustea
Onetarako gure partetik
　　Lana gogoz egitea.

Finis coronat opus.

Bonifacio ETCHEGARAY,
Donostiarra.

Et les feuillages des rosiers
Qui répandent leur doux parfum?
Quel est celui qui ne voit plein joie
Nos vertes montagnes?
Oh! quelles choses belles et aimables
Possède le Pays Basque!

Fleurs, vallées, bois et montagnes,
Je vous aime beaucoup,
Parce que c'est dans mon pays aimé
Que l'on peut vous contempler.
Près de vous tous les Basques
Nous vivons heureux.
Dès que l'on sort de près de vous,
Qui ne se trouve dans la peine?

Efforçons-nous à conserver
Les vieux usages du Pays Basque.
Voyons si c'est selon les lois de nos ancêtres.
Que nous vivons,
Si nous défendons bien
Les libertés anciennes
Et si de la sorte
Nous avons vie heureuse.

Pays Basque! Pays Basque,
Mon cher pays natal
Toute mon occupation sera
De vous aimer toujours,
De vous voir dans la paix
Avec les libertés et les lois anciennes
Et de faire de tout cœur de notre côté
Tout ce qui peut nous y amener.

Finis coronat opus.

Bonifacio ETCHEGARAY,
de Saint-Sébastien.

Ohorezco hirurgarren aiphamena kantu hau eman duenari

KANTU BERRIAK

Perkain pilotariaren airean : *Laur phundu.*

1

Hizkuntzetan lehena nundik zen athera !
Hori dakienikan munduan othe da !
Eskualdunak zirenez Adam eta Eva,
Hoi erran dirona da Yainko Yauna bera.

2

Eskuara zen iduriz, lehenik munduian,
Hortaz mintzo baitziren Noeren barkuian ;
Lurra ikhus orduko, mendi inguruian :
« Hara ! hara ! » zioen, eskuaraz orduian.

3

Babel dorreaz geroz kasik ahantzia,
Aita Noek beiratu orhoit zen guzia ;
Hori baita arrotzek ezin ikhasia :
Gure aurkhian dute bertzek ifrantzia.

4

Eskuara bertzetarik duzu aintzin gibel;
Bainan gu hortan gaude bethi danik fidel;
Hortaz mintzatzea da guretako eder ;
Hau bera dirostegu heldu diren haurrer.

5

Aiphu emaiten diot Eskual Herriari,
Bache-Nabarren hasiz, Chubero gainari,
Laphurdi, Probentzia, eta Nafarrori,
Gipuzkoa, Alaba, Biskay ederrari.

6

Ez dira Frantziako, lur hoien erdiak,
Zathituak baitira, bortzetarik biak,
Lur gizenak ditugu, aberats mendiak,
Hautan egiten dira hazkuntza handiak.

Troisième mention honorable à celui qui a composé ce chant.

—

CHANTS NOUVEAUX

Sur l'air de Perkain joueur de paume (en quatre points)

1

De toutes les langues la première, d'où sortit-elle ?
Y a-t-il dans le monde personne qui le sache ?
Si c'est en basque que parlaient Adam et Ève ;
Celui qui pourrait l'affirmer, est le Seigneur Dieu lui-même

2

Il semblerait que l'Eskuara fut la première dans le monde,
Parce que c'est par elle que l'on s'exprimait dans l'arche
Dès qu'il vit la terre autour de la montagne   [de Noé.
Ararat ! voilà, voilà ! s'écria-t-il; en basque en ce moment ?

3

Depuis la tour de Babel, langue presque oubliée,
Le père Noë en avait gardé tout ce dont il se souvenait ;
C'est bien elle que les étrangers ne sauraient apprendre ;
Puisqu'ils mettent au revers ce que nous mettons à l'endroit.

4

Le basque des autres langues est devant arrière ;
Mais nous autres nous lui demeurons toujours fidèles.
Il nous est beau de parler en cet idiome ;
C'est toujours le même que nous enseignons à nos enfants.

5

Je fais mention du Pays Basque
A commencer par la Basse-Navarre, de la haute Soule,
Du Labourd, des Provinces de la Navarre,
Du Guipuzcoa, de l'Alava et de la belle Biscaye.

6

Elles ne sont pas de France, même la moitié de ces terres,
Parce qu'elles sont divisées, deux d'entre les cinq,
Nous avons de gras terrains, et de riches montagnes.
Oui, là se trouvent d'opulents pâturages.

7

Eskual herria duzu hainitz maithagarri ;
Hemen badugu ogi, arno ta haragi ;
Osasunaren dako airea da garbi :
Zer deskantsuan gauden, hortan da ageri.

8

Lur hau gure ait'onek zuten hautatua,
Etsai gaichtoetarik azkarki zaindua ;
Nahiz bi aldetarat dagon zathitua,
Amodioak dauka batera lothua.

9

Berrogoi mende huntan, Eskual Herrietan,
Yende bera bizi da hainitz guduketan,
Etsaiak izan dira, bainan alferretan,
Beren hezurrak utzi dituzte lur hautan.

10

Sartzen zen bezain sarri lur hortan Moroa,
Aitek egiten zuten batasun osoa ;
Heien gainerat zalhu hedatzen besoa ;
Hunki hau etsaientzat ez baitzen gochoa.

11

Herkulen pare ziren Kantabre zaharrak ;
Bihotzez ezti eta berthutez azkarrak ;
Oro izitu ditu hek zuten indarrak ;
Amorrik ezdu egin nehoiz menditarrak.

12

Fedean azkar ziren gure arbasoak,
Bere bizi guzian zuzen bidekoak ;
Eta hartan altchatu beren ondokoak,
Hortaz laguntzen gaitu gu bethi Yainkoak.

13

Zeru Lurren Yabea, zuri oihuz gaude ;
Deusik ez gare zure laguntzarik gabe :
Gure aiter bezala iguzu fagore ;
Fededun eta libro gaudezen gu ere.

Joanes OXALDE, *Bidarraylarra.*

7

Notre Pays Basque nous est bien aimable,
Ici, nous avons pain, vin et viande,
Pour la santé l'air y est pur,
Combien à l'aise nous vivons, par là cela se voit.

8

C'étaient nos aïeux qui ava'ent choisi cette terre.
Et qui l'avaient fortement défendue contre les méchants
[ennemis;
Bien que maintenant elle soit morcelée aux deux côtés,
Notre amour la tient liée en une seule.

9

Il y a déjà quarante siècles, que dans le Pays Basque
Notre même nation vivait en maints combats.
Il est bien venu des ennemis ; mais en vain ;
Ils ont laissé leurs ossements dans ces terres.

10

Si tôt que le Maure entrait dans le pays,
Nos ancêtres faisaient une union complète ;
Ils étendaient leurs bras sur eux.
Ce toucher aux ennemis ne fut jamais doux.

11

Les vieux Cantabres étaient pareils à Hercule,
Doux de cœur et vigoureux de vertu.
Leur vaillance a effrayé tout le monde,
Le montagnard ne s'est jamais soumis à personne.

12

Nos aïeux étaient forts dans la Foi,
Et dans tout le cours de leur vie dans la voie de l'équité.
Et c'est suivant cela qu'ils élevèrent leur postérité.
C'est pourquoi Dieu nous vient toujours en aide.

13

O Maître du Ciel et de la terre, nous crions vers vous,
Aussi ne sommes-nous jamais sans votre secours.
Ainsi qu'à nos aïeux soyez-nous favorable
Pour que croyants et libres nous demeurions nous aussi.

Jean OXALDE, de Bidarray.

LES QUATRE FILS D'AIMON
Tragédie en langue basque

—

Nous aurions voulu donner un ou deux extraits de cette curieuse pastorale, et surtout du chant si pénétrant dont nous avons parlé. Il faut nous contenter, en attendant que se réalise notre vœu d'une publication intégrale des pastorales basques (1), de prendre dans le *Pays Basque* de Francisque Michel (pages 90-92) la fidèle et piquante analyse des *Quatre Fils d'Aimon* :

Après le prologue qui résume toute la pièce, la tragédie des quatre fils d'Aimon s'ouvre par une scène entre Charlemagne, accompagné de Turpin et de quelques-uns des douze pairs, et Aimon suivi de ses quatre fils. Charlemagne vient de faire exécuter le frère de ce baron. Voulant montrer, cependant, qu'il tient à la famille et que le châtiment infligé à l'un de ses membres n'était qu'un acte de justice, il va nommer sénéchal Renaud, fils aîné d'Aimon ; mais loin d'être apaisés par ce choix, les quatre héros de la pièce n'en conçoivent que plus d'acharnement contre le traître qui a fait périr leur oncle. Leur devoir est de le venger.

Après cette exposition, la scène, restée un moment vide, est occupée par Bertelot, neveu de

---

(1) Un heureux hasard vient de nous apprendre que ce vœu a reçu un commencement d'exécution : la pastorale *Saint Julien d'Antioche*, dont le manuscrit est à la Bibliothèque de Bordeaux, a été publié dans cette ville par MM. J. Vinson et Stempf (Bordeaux, veuve Moquet, 1891, in-12).

Charlemagne, et Renaud. Tous deux commencent à jouer aux cartes. Une querelle s'engage, et Renaud tue Bertelot.

Furieux, Charlemagne ordonne à ses douze pairs de s'emparer des quatre frères et de les pendre ; mais ceux-ci se défendent courageusement et mettent en fuite les soldats venus pour les arrêter.

A la suite de cette action, la femme d'Aimon conseille à ses fils de s'en aller en Allemagne pour échapper à la colère de l'empereur. Pour toute réparation celui-ci ne demande, d'après l'avis de Naimes, que le petit Richard. Renaud refuse, avec indignation, de livrer son frère.

Alors, Charlemagne fait jurer à Aimon de ne pas aider ses fils, qui savent, cependant, l'y contraindre à force de menaces et de prières, et la guerre est renvoyée au printemps.

Dans l'intervalle, les quatre preux reçoivent un message du roi de Gascogne, Yon Golart, qui les prie de venir à son aide pour combattre les Sarrasins. Cette offre est acceptée, et les mécréants sont vaincus dans la personne de leur chef, Burgon, qui se convertit au christianisme.

En même temps, l'archevêque Turpin bénit l'union de Renaud et de Claire, sœur de Golart.

Cependant, Charlemagne envoie un message au roi de Gascogne pour l'engager à lui livrer les quatre fils d'Aimon.

Golart s'y refuse d'abord résolûment ; mais un second messager, porteur d'une lettre de Charlemagne, change sa résolution ; il persuade à Renaud et à ses frères que l'empereur veut faire la paix avec eux et qu'il les invite à sa cour. Pleins de confiance dans les paroles de Golart, les quatre fils d'Aimon enjambent leurs mulets et partent pour la cour ; mais ils n'y trouvent que des ennemis.

Forcés de se battre, ils en sont quittes pour quelques blessures.

Un nouveau personnage, qui n'a fait que se montrer au commencement de la pièce, paraît alors : c'est Maugis, le cousin des quatre héros, qui a des remèdes pour toutes les maladies et le pouvoir d'enchanter les personnes.

Averti par Golart, hors d'état de cacher plus longtemps son crime, du triste sort qui attendait Renaud et ses frères, il accourait en toute hâte à leur secours. Heureusement, ses talents ne servent qu'à panser les blessures du jeune Richard, qui venait d'être délivré de prison.

Cependant Yon est tourmenté par les cris de sa conscience, qui lui reproche son crime. Après avoir été la risée de Roland et d'autres, il entre en religion, et devient encore par là l'objet de nouvelles moqueries. Il repousse toutes ces insultes et se résigne à paraître devant ceux qu'il a si lâchement trahis. Touchés de son repentir, Renaud et ses frères lui pardonnent.

Bientôt après a lieu entre les quatre fils d'Aimon, Charlemagne et ses pairs, un combat dans lequel le petit Richard est de nouveau fait prisonnier. Il est condamné à mort.

Ripus allait l'exécuter, lorsque le patient est délivré par ses frères, qui font subir son sort au bourreau. Richard endosse les habits de celui-ci, et, se présentant devant Charlemagne, il lui cause une affreuse surprise en lui apprenant ce qui s'est passé. Nouveau combat ; l'empereur et ses pairs sont mis en fuite.

Cependant Maugis, dans une entrevue particulière, se laisse prendre par Olivarès. Chargé de chaînes, il est conduit devant Charlemagne; mais il a pour lui l'art de la magie ; au moyen de quelques herbes, il endort l'empereur et ses pairs, leur enlève couronne et épées, et se dégage ensuite de ses chaînes pour aller rejoindre ses cousins.

Ceux-ci, enchantés de ce magnifique butin, consentent néanmoins à le rendre, pourvu que Charlemagne leur accorde la paix.

L'empereur s'y engage, mais à la condition que Maugis leur sera livré.

Les fils d'Aimon ne peuvent s'y résoudre, ce qui occasionne un nouveau combat dans lequel Richard est encore pris.

Après la bataille, Renaud dépêche un envoyé à Charlemagne pour demander la paix.

L'empereur persévère dans son obstination. Irrités d'un tel entêtement, les douze pairs et l'archevêque Turpin l'abandonnent, et c'est seulement alors que Charlemagne consent à oublier l'injure qu'il avait reçue des quatre fils d'Aimon et à leur rendre ses bonnes grâces.

De son côté, Renaud fait sa soumission ; et tout en se promettant bien de déboucher ensemble quelques bouteilles de bon vin vieux, ces ennemis d'autrefois s'agenouillent pour invoquer Dieu par un cantique d'adoration qui finit la pièce.

III

D. JUAN IGNACIO DE IZTUETA

—

Le double et glorieux nom d'Achille et d'Homère des danses guipuzcoanes que nous donnons à ce vaillant basque aura paru sans doute quelque peu exagéré. Pour le justifier, nous croyons devoir dire en quelques mots, et d'après nos amis de l'*Euskal-Erria,* ce que fut le poète et danseur de Zaldivia :

Juan Ignacio de Iztueta naquit le 29 décembre 1767 à Zaldibia, près de Beasain et de Villafranca, au cœur des montagnes de Guipuzcoa : il était de condition fort obscure, d'abord *marraguero* (fabricant de marrègues) dans son pays, puis plus tard, à Saint-Sébastien, modeste employé d'une des portes de la ville. Mais la nature l'avait admirablement doué au moral et au physique. D'une amabilité toujours souriante et gaie, d'une adresse et d'une légèreté toute basquaise, petit de taille, les yeux vifs, le teint coloré, Iztueta était adoré de tous ses camarades qui l'appelaient *churi* (le blanc) ; il devint bientôt fameux en son village et aux alentours comme danseur et poète. Comme tous les vrais Eskualdunaks, Iztueta adorait l'*Euskal-Erria,* son histoire, ses traditions, et sut bientôt traduire en une langue savoureuse et poétique son vif et intelligent patriotisme. Tout jeune il chanta comme Iparraguire et tant d'autres, et l'un de ses petits poèmes, *Conchesi,* d'une note toute intime et personnelle, est aussi populaire *tra los montes* que le *Guernicaco arbola.*
Dans son enthousiasme pour la langue euskarienne, Iztueta conjurait ses compatriotes de con-

server fidèlement leurs *fueros* ; car, disait-il, nos libertés et notre langue également séculaires ne peuvent vivre qu'étroitement unies.

Son œuvre principale, *Guipuzkoako kondaira*, histoire enthousiaste de son cher pays basque, n'a paru qu'après sa mort, en 1847 ; mais de son vivant, et dès 1824, fut publiée son *Histoire des danses mémorables du Guipuzcoa* (1), où l'auteur énumère et décrit *con amore* les trente-six danses les plus populaires et les plus caractéristiques de la province. Hommes faits, jeunes gens, maîtresses de maisons, jeunes filles et fiancées, laboureurs, toutes les catégories ont leurs danses spéciales et tous et toutes, Iztueta l'affirme avec chaleur, tiennent à honneur de rivaliser de grâce, de légèreté. Autrefois, dit-il, les hommes les plus graves aimaient à faire connaître aux jeunes gens les pas traditionnels, soit sur la place publique, soit dans la grand'salle de la *Casa Consistorial.* Aux jours de fête on dansait après la grand'messe devant le Curé et le Maire, enfin après vêpres on dansait encore ; mais au soleil couché tout le monde se retirait.

Parmi les danses de caractère, l'*espata dantza* était la plus ancienne et la plus goûtée. A Tolosa, pour la Fête-Dieu, l'*espata dantza* était dansée quatre fois : sur la place d'abord, avant la grand-messe ; puis les danseurs entraient silencieusement à l'église, et, leur adoration faite, ils allaient danser la *reverencia* devant le maître-autel. C'est encore en dansant, à certains intervalles marqués et toujours accompagnés de la flûte et du tambourin, qu'ils assistaient à la procession. Avant et après les vêpres, nouvelles danses.

Alcalde et vieillards veillaient, aux jours de fête, à ce que pas et costumes des danseurs sur la place

(1) *Guipuzcoaco dantza gogoangarrien condaira edo historia beraren eguillea, D. Juan Ignacio de Iztueta.* Donostian Baroja 1824.

publique fussent toujours corrects, à **tel point**
qu'un jour dans un village un jeune Basque étranger ayant osé violer ces règles sévères, fut empoi-
gné et jeté en prison par les alguazils jusqu'après
les fêtes.

Parfois les tamborileros voulaient innover, mais
on les rappelait sévèrement aux vieux us et coutumes. Ces *tamborileros* étaient, du temps d'Iztueta,
et sont encore de nos jours, de vrais artistes.
Chaque ville et village de Guipuzcoa en a deux,
le plus souvent trois, et c'est à qui aura les
meilleurs et les plus habiles. Les places, fort re-
cherchées, sont l'objet de concours, et il n'est
pas de fête grande ou petite, pas de dimanche (le
Carême et l'Avent exceptés) où le *tamborilero* ne
figure avec honneur, accompagnant l'alcalde et
l'ayuntamiento, à l'église, à la *Casa Consistorial,*
faisant sur l'*alameda* danser les fillettes et garçons.

Outre son rôle officiel, le *tamborilero* est inti-
mement mêlé aux moindres incidents de la vie
locale, allant donner des aubades aux nouveaux
élus, aux jeunes époux : pas de noces, pas de
baptêmes sans *tamborilero.*

Avec l'*espata dantza,* Iztueta cite et décrit plusieurs des danses villageoises et guerrières que
les enfants d'Andoain ont si gracieusement exécutées à Saint-Jean-de-Luz : *Broquel dantza* (la
danse des boucliers), *Pordon dantza* (la danse des
bâtons); mais combien d'autres, parmi ces trente-
six, dont les titres mystérieux sont des souvenirs
de la vie toute intime et de la gaîté guipuzcoane !
Combien aussi auxquelles les poètes populaires
ont adapté des vers plus ou moins savoureux ou
piquants !

Parmi ces dernières danses d'un caractère plus
intime, il en est une charmante et qui nous paraît
peindre à merveille les mœurs naïves et pures des
Guipuzcoans : c'est l'*Edate edo carrica dantza,* la
danse à boire ou danse de la rue, exécutée par
les hommes mariés et leurs femmes. L'alcalde

préside : aux premiers accords des *tamborileros*, hommes mariés, femmes, jeunes filles et jeunes gens parcourent les rues et montent dans les maisons de ceux ou de celles que leur âge ou des chagrins de famille retiennent au logis, de façon que tous prennent leur part de la joie publique. — Touchante pensée, ajoute philosophiquement Iztueta, pour qui connaît les misères de ce monde !

Après la danse, l'*alcalde* offre des rafraîchissements. Cette promenade à travers les rues n'est-elle pas notre ancienne farandole bayonnaise, la *pamperuque,* dont le souvenir même, hélas! s'est perdu?

Iztueta n'a garde d'oublier le *Pordon dantza* de Tolosa, dansé le jour de la Saint-Jean en mémoire de la bataille de Béotibar (1321). Il cite aussi les curieuses pages où le poète favori de Charles III, Gaspar Melchor de Jovellanos, a décrit avec enthousiasme les danses et le jeu de pelote de nos Basques il y a cent ans.

Mais il faut nous borner, car tout serait à citer de cette œuvre originale qu'un *aficionado* de Saint-Sébastien ou de Tolosa devrait bien rééditer et traduire en castillan.

Après avoir tant chanté et dansé, Iztueta revint mourir à Zaldivia, en sa maison de *Kapegindegi* le 18 août 1845, et sa mort fut à la fois chrétienne, et, on peut le dire, héroïque. A 70 ans passés, et par pur dévoûment à sa chère mère *Euskal-Erria,* il travaillait à dresser une troupe de danseurs guipuzcoans qui devait aller saluer la famille royale à Mondragon ; mais ses forces trahirent bientôt son enthousiaste et persévérant amour pour les danses guipuzcoanes : il dut s'aliter et renoncer à accompagner les *chicos* à la cour; il les suivait cependant de cœur, et quelques instants avant de mourir d'une mort calme et sereine, il disait au bon prêtre qui l'encourageait : *Ondo gera; mutillen berri onak ditugu!* (nous sommes contents, il y a de bonnes nouvelles de nos jeunes gens!)

11

Ainsi mourut il y a trente ans, à Hasparren, un des plus fameux joueurs de pelote, Gascoïna. Il s'était engagé à aller jouer sur la place de Mauléon : huit jours avant, il tomba malade, atteint par la fièvre typhoïde qui faisait alors nombre de victimes, il ne se berce pas d'illusion, fait appeler l'un des vicaires, reçoit les derniers sacrements le jour même où se jouait la partie, et quelques instants avant de mourir vers le soir, il demande avec beaucoup de calme : *Adema? badea partida horren berririk ?* *Y a-t-il des nouvelles de cette partie?*

Admirable quiétude de ces âmes énergiques et simples qui meurent comme elles ont vécu, sereines et calmes.

Ajoutons, pour conclure, que Iztueta trouve encore de nos jours, malgré tous les déplorables progrès de la centralisation, des admirateurs et des élèves : nous avons applaudi à Saint-Jean-de-Luz D. Justo Iraztorza et les enfants d'Andoain, un coryphée et des élèves qu'il n'aurait pas désavoués, et c'est un jeune prêtre érudit de sa chère *Euskal Erria*, D. Carmelo de Echegaray, à qui nous devons la plupart des traits si caractéristiques de la vie et des œuvres du maître danseur et du poète de Zaldivia (1). Comme les prêtres de Vergara et d'Azcoitia qui, en 1824, donnèrent hautement leur approbation à l'*Histoire des danses mémorables de Guipuzcoa,* le clergé guipuzcoan de nos jours applaudit avec raison aux nobles efforts de tous les amants de l'*Euskal Erria* jaloux de conserver pures et complètes ses meilleures traditions.

(1) Euskal Erria, t. XXV, 1891, p. 483-488.

IV

UN TABLEAU HOLLANDAIS A ITSATSOU

—

Les rapports de nos marins basques espagnols avec les Flandres dont nous avons retrouvé les traces à Zumaya (1), nous rappellent que l'un des plus pittoresques villages de notre pays de Labourd — Itsatsou — a le bonheur de posséder un curieux et unique témoignage des relations des Bayonnais avec ces régions lointaines.

C'est un tableau sur bois de 1 m. 25 de hauteur sur 0,85 c. de largeur, représentant le chœur de l'église de Bois-en-Duc en Brabant : au milieu se dresse le maître-autel voilé de noir surmonté d'un tableau représentant l'Adoration des bergers à Bethléem, d'une statue de la Vierge tenant l'Enfant Jésus et de deux bannières brodées d'écussons : armes d'Autriche avec l'aigle à deux têtes et la toison d'or, armes du cardinal Albert d'Autriche avec cette inscription :

ALBERTO AUSTRIACO PATRI PATRIÆ
SILVA DUCIS DICAT, CONSECRAT
1621

A droite de l'autel est un tombeau avec la statue du cardinal à genoux. Ce tombeau porte deux inscriptions. Au haut :

1646
PIETER SANEREDAN DIZGESCHILDEN (2)

Au bas une longue ligne de lettres gothiques en flamand d'une lecture difficile.

Les hautes fenêtres du chœur, le triforium ou galerie aveuglée, les basses arcades laissant voir

(1) Ci-haut, p. 103.
(2) *Pinxit.*

les fenêtres absidales ornées de vitraux, le maître-autel du XVIIIe siècle, les nombreux détails d'architecture ogivale, çà et là mêlée de renaissance espagnole, sont, avec leurs jeux de lumière douce et d'ombre chaude, d'une parfaite exécution.

Pieter Saneredan ou Zaeredam était un bon *peintre d'architecture* florissant de 1597 à 1666, et qui, sans avoir le talent et la renommée de Pieter Neefs qui a neuf de ses tableaux au Louvre, est cependant fort estimé de ses compatriotes : ses œuvres principales se trouvent à Amsterdam, à Harlem et à Turin; mais ni le Louvre ni aucune de nos galeries de France ne possède une seule de ses toiles.

Par quel singulier hasard se trouve donc à Itsatsou ce tableau consacré à la mémoire d'Albert d'Autriche, sixième fils de Maximilien II et gouverneur des Pays-Bas à la fin du XVIe siècle? Le voici, si du moins nos conjectures sont plausibles.

Dans les premières années du siècle dernier, Pierre Daguerre, de vieille bourgeoisie bayonnaise, avait exercé les fonctions d'Agent du Roy auprès de la ville d'Amsterdam et s'y était marié avec damoiselle Elisabeth Van Papenbourck : un peu plus tard, sa sœur, Marie-Anne Daguerre, épousa Jacques Harader, seigneur de la Salle et Vignolles, maire de Maubourguet et député aux états de Bigorre, lequel possédait de nombreuses terres et fiefs à Vic-Bigorre, et la terre de Harader à Itsatsou. De ce mariage naquit Elisabeth Bonne de Harader qui fut tenue sur les fonts baptismaux d'Itsatsou, le 14 septembre 1724, par M. Pierre Daguerre et dame Van Papenbourck.

N'est-il pas probable que le parrain et la marraine, en mémoire de ce joyeux événement de famille, firent cadeau à l'église du tableau de Pieter Saneredan, qu'ils avaient dû rapporter de Hollande?

Ceci est d'autant plus plausible que Pierre

Daguerre et sa femme comptaient à cette époque parmi les meilleures familles du pays : à son retour d'Amsterdam, Pierre Daguerre avait exercé les fonctions de premier échevin de Bayonne en 1718 il était l'un des familiers du Château-Vieux, première résidence de la Reine Marie-Anne de Neubourg, et en correspondance suivie avec Torcy, ministre des affaires étrangères. Sa femme, toute dévouée au service de la Reine exilée, sa *payse*, faisait toutes les emplettes et en recevait d'aimables prévenances, entr'autres deux boucles d'oreille en diamant (1).

Il y aurait bien une autre hypothèse, mais par trop téméraire : ne serait-ce pas Anne de Neubourg elle-même qui aurait offert ce tableau à l'église d'Itsatsou à l'époque où elle faisait une cure aux eaux de Cambo ?

On sait que la Reine douairière fit deux saisons dans cette charmante résidence, en 1728 et 1729, et qu'elle aimait à promener dans les environs, à Larressore, à Ustaritz, à Espelette et enfin à Jtsatsou où elle retrouvait avec plaisir les Daguerre-Harader : avec une générosité toute royale elle donnait aux curés, aux vicaires, aux notables, du bon chocolat d'Espagne, de fin tabac de Séville et de belles *tabaquières*; à l'église de Cambo elle offrit de riches ornements qui s'y voient encore et des dons en argent.à toutes les églises (2).

Parmi ces dons ne pourrait-on compter le tableau de Saneredan ?

Quoi qu'il en soit, la paroisse d'Itsatsou doit être fière à bon droit de posséder ce joyau unique. En même temps que les fameux vases sacrés si généreusement offerts par un *Indiano* du XVIIIe siècle, et si héroïquement sauvegardés contre la rage des

(1) Marquis de Courcy : *L'Espagne après la paix d'Utrecht*. Paris. Plon, 1891. — Lettre de M. Landreau, commissaire de marine à Bayonne, à M. de Pontchartrain.

(2) Chanoine Duvoisin : *Cambo et ses Alentours*. Bayonne, Lamaignère, 1858.

vandales de 93, ce tableau est une nouvelle preuve de l'intelligente piété de nos pères et mérite d'être aussi religieusement conservé que les tryptiques de Zumaya.

Ajoutons que les *indianos* nos contemporains sont en train de continuer ces belles traditions : M. Eugène Gabarrot, originaire d'Itsatsou et aujourd'hui directeur d'une manufacture de tabac au Mexique, a eu la bonne fortune d'acheter aux enchères publiques deux tableaux provenant d'une ancienne chapelle d'un village des environs de Puebla, ancienne résidence d'un Vice-Roi ; ces tableaux représentent un saint Christophe et un saint François d'Assise, mais ils avaient beaucoup souffert des rats et de l'humidité ; avant de les offrir à l'église de son pays natal, M. Gabarrot a voulu les faire restaurer à Paris, et quelle n'a pas été la surprise du restaurateur en retrouvant dans le saint François d'Assise une œuvre absolument authentique de Murillo portant encore au revers les lettres : ...ILLO ?

Rien cependant de plus naturel que de retrouver dans l'ancienne résidence d'un Vice-Roi du Mexique un tableau de Murillo, car on sait qu'avant de quitter Séville le grand artiste fit de nombreux tableaux pour les riches familles castillanes et pour toutes les colonies. Aujourd'hui les deux tableaux si gracieusement offerts par M. Gabarrot et habilement restaurés reposent dans de beaux cadres au bout de la galerie de l'église, du côté de l'épître.

Un tableau de l'école hollandaise, un tableau de Murillo! Est-il beaucoup d'églises en France qui pourraient se comparer à Itsatsou ?

V

UNE LETTRE DE FERDINAND ET ISABELLE

ROI ET REINE DE CASTILLE

à l'Évêque de Bayonne

16 Septembre 1501

Jusqu'où s'étendait dans la province de Guipuzcoa, antérieurement au Bref de saint Pie V, de 1566, la juridiction de l'Évêque de Bayonne?

Nous avons dit quelques mots de cette intéressante question en 1893, et nous appuyant tout à la fois sur la Charte d'Arsius de 980 et le docte Oihénart *(Notitia utriusque Vasconiæ)*, nous nous sommes demandé si la vallée d'Iraurgui, et par conséquent Azpeitia, Azcoitia et la patrie de saint Ignace de Loyola, n'avaient pas, au moyen âge et depuis, fait partie de notre Évêché (1).

Ce n'est qu'une hypothèse peut-être téméraire, nous l'avouons. Des gens très affirmatifs contestent aujourd'hui l'authenticité de la Charte d'Arsius, sans nous avoir d'ailleurs convaincu. D'autre part, un très curieux document extrait par M. l'abbé Dubarat des riches archives de l'Église de Bayonne, aujourd'hui à Pau, donne l'énumération de toutes les paroisses du Labourd, de la Navarre et du Guipuzcoa qui, au XVIe siècle, faisaient partie du

---

(1) *Azpeitia*, p. 28-29.

diocèse de Bayonne, et nous n'y trouvons pour cette dernière province que cette mention :

ARCHIPRESBITERATUS ET OFFICIALATUS
FONSTISRABIDI

Iron Uranço Leço Renteria Oyarçon Passage (1)

Il faudrait donc croire qu'à cette époque Hernani même et San Adrian, mentionnés par la Charte d'Arsius, ne faisaient plus partie du diocèse.

Mais voici un nouveau document qui ravive tous nos doutes ou pour mieux dire nos espérances, et que nous trouvons dans les curieuses *Investigaciones historicas* sur le Guipuzcoa, de D. Carmelo de Echegaray, l'un des plus sérieux érudits de la province. Ce n'est rien moins qu'une lettre de Ferdinand et Isabelle, roi et reine de Castille, à l'Evêque de Bayonne pour lui exposer les doléances du seigneur de Lazcano et le prier de faire cesser quelques abus de dîmes et d'interdit qui pesaient sur certaines églises de Guipuzcoa. Voici cette curieuse lettre avec la traduction aussi littérale que possible :

« *Al Reverendo en Cristo Padre el Obispo de*
« *Bayona,*

« Nos el Rey é la Reyna de Castilla, de Leon,
« etc., embiamos mucho á saludar á vos el Reve-
« rendo en Cristo Padre Obispo de Bayona, como
« á aquel para quien todo bien é honra deseamos :
« Facemos vos saber que Bernardino de Lazcano,
« continuo de nuestra casa, nos hizo relacion di-
« ciendo que él tiene algunas iglesias é monaste-
« rios en algunos lugares de la Provincia de Gui-
« púzcoa, é diz que algunas veces haveis echado
« é repartido, y echais y repartis en los tales Lu-

(1) *Statuts synodaux du diocèse de Bayonne en 1555* par M. l'abbé Dubarat, p. VIII. *Ordo observandus... totius cleri huius diœcesis Bayon.* (Arch. des B.-Pyr. G. 102).

« gares, y en otros que son de vuestro obispado en
« la dicha provincia de Guipúzcoa algunas quan-
« tías de maravedis y redecimas, sin tener para
« ello causa ni razon alguna que justa sea, y que
« repartidos los tales maravedis é decimas, si non
« les pagan a los coletores que para ello nom-
« brais, faceis poner entredicho, á cuya causa los
« vecinos de los tales Lugares estan mucho tiempo
« sin oir Misa, que cesaran los Divinios Oficios,
« para que los dueños de los tales Diezmos de las
« Iglesias é Patronos de los Monasterios no quie-
« ren pagar lo que assi se reparte, y que muchos
« fallecen sin les ser administrados los Santos
« Sacramentos, y sin les ser dada eclesiástica se-
« pultura, de que Dios Nuestro Señor es deser-
« vido, y él y los dichos nuestros súbditos reciben
« mucho daño é fatiga : Por ende que nos supli-
« cava é pedia por merced que por que lo suso
« dicho cesase de aqui adelante, vos escribiése-
« mos sobre ello, ó como la nuestra Mrd (mer-
« ced ?) fuese : Por ende, Nos vos rogamos y en-
« cargamos que veades lo susodicho y lo provea-
« des e remedieis por manera que al dicho Ber-
« nardino de Lazcano ni á los dichos nuestros
« subditos y naturales no les sea echado ni repar-
« tido cosa alguna de más y allende de lo que
« justamente se les deva echar y son obligados á
« vos dar y pagar, ni sobre ello sean fatigados, ni
« les sea hecho agravio ni sinrazon alguna, lo
« cual en servicio recibiremos. Escrito en Granada
« á 16 diás del mes de septiembre año de 1501.

« Yo el Rey,   Yo la Reyna.
« Gaspar de Graba. »

« Las iglesias de Guipuzcoa en que por enton-
« ces ejercia patronato el señor de Lazcano eran
« la de San Miguel del mismo concejo de Lazcano,
« San Martin de Ataun, Santa Fe de Zaldivia, San
« Juan de Olaberria, San Miguel de Idiazabal,
« San Miguel de Mutiloa, Santa Maria de Legaz-

« pia y Santa Maria de Zumarraga. (*Del Nobilia-*
« *rio de Lizaso*) [1].

—

« 16 Septembre 1501.

« *Au Révérend Père en Christ l'Evêque de Bayonne.*

« Nous le Roi et la Reine de Castille, Léon, etc.,
vous envoyons (2) saluer avec profond respect,
vous, Révérend Père en Christ, Evêque de
Bayonne, vous désirant tout bien et tout honneur.
Nous vous faisons savoir que Bernardin de Lazcano, attaché à notre maison, nous a rapporté qu'il
possède quelques églises et monastères en diverses localités de la province de Guipuzcoa et nous
a dit qu'à diverses fois vous avez établi et réparti,
et que vous établissez et répartissez en ces localités, et en d'autres qui sont de votre Evêché en la
dite province de Guipuzcoa, certaines sommes de
maravedis et des redevances, sans avoir pour ce
cause ni raison quelconque qui soit juste ; quand
les maravedis, redevances et dîmes sont ainsi ré-
partis, si on ne les paie pas aux collecteurs que
vous nommez pour cela, vous faites mettre l'interdit, ce qui est cause que les habitans de ces
localités restent longtemps sans entendre de messe ; les divins offices vont cesser, car les posses-
seurs des dîmes des Eglises et les patrons des
monastères se refusent à payer ce qui est ainsi réparti ; beaucoup meurent sans qu'on leur admi-
nistre les sacrements et n'ont pas de sépulture
ecclésiastique, de quoi Dieu Notre-Seigneur est
desservi, et le seigneur de Lazcano et nos sujets
reçoivent grand dommage et fatigue.

(1) D. Carmelo de Echegaray. *Investigaciones historicas
referentes á Guipuzcoa.* San Sebastian, 1893, p. 333. Appen-
dices, nº 1.

(2) La lettre était sans doute, suivant l'usage de l'époque, portée à l'Evêque par un gentilhomme de la cour.

« Aussi nous a-t-il supplié et demandé en grâce que pour faire cesser dorénavant tout ce dessus, nous voulions bien vous écrire à ce sujet ou de toute autre façon qu'il plaise à Notre Majesté.

« C'est pourquoi nous vous prions et chargeons de voir toute cette affaire pour y pourvoir et remédier de façon que sur le dit Bernardin de Lazcano et nos dits sujets et habitants il ne soit établi et réparti taxe quelconque et charge au-delà de ce que justement il leur doit être établi et de ce qu'ils sont tenus de vous donner et payer ; qu'ils ne soient plus fatigués et qu'on ne leur porte ni tort ni préjudice quelconque, ce qui nous sera agréable.

« Ecrit à Grenade, le 16 du mois de septembre de l'an 1501.

« MOI LE ROY,   MOI LA REINE.

« GASPAR DE GRABA. »

« Les églises de Guipuzcoa où à cette époque le Seigneur de Lazcano exerçait un patronat étaient celles de San Miguel du même *concejo* de Lazcano, San Martin de Ataun, Santa Fe de Zaldibia, San Juan de Olaberria, San Miguel de Idiazabal, San Miguel de Mutiloa, Santa Maria de Legaspia et Santa Maria de Zumarraga. (Du *Nobiliario de Liẓaso*.)

———

L'évêque de Bayonne à qui Ferdinand et Isabelle adressaient cette curieuse lettre était Jean de la Barrière, élu en 1489 et qui en 1491 concourait à la fameuse enquête sur l'embouchure de l'Adour, ordonnée par Charles VIII (1).

(1) Manuscrit Veillet, 2ᵉ partie, chap. XVIII. — Henry Poydenot, *Récits et Légendes relatifs à l'Hist. de Bayonne*. Bayonne, Lasserre, 1878. Tom. II. p. 415.

Le seigneur de Lazcano était de cette puissante famille de *Parientes mayores*, chefs du *bando Oñacino* contre la bande de Gamboa en ces terribles guerres civiles qui ensanglantèrent les provinces basco-espagnoles au XVᵉ siècle.

Le docteur D. Lope de Isasti, auteur estimé du *Compendio historial de Guipúzcoa* (1), donne de longs et curieux détails sur la maison de Lazcano, il cite de nombreuses lettres des rois de Navarre et de Castille aux chefs de cette maison, de 1507 à 1608. Parmi les nombreuses possessions des Lazcano, le docteur signale les huit églises énumérées par Lizaso.

Mais pour D. Carmelo de Echegaray, Lizaso, né à Azpeitia vers le milieu du XVIIᵉ siècle, *alguacil mayor* du Saint Office et archiviste de Saint-Sébastien, est plus sérieux encore et plus complet que le docteur Isasti : son œuvre, encore inédite, fait partie de la fameuse collection de Vargas Ponce, à l'Académie d'Histoire de Madrid.

Or les huit localités citées à la fois par Isasti et Lizaso sont dans le voisinage de Cegama et de San Adrian, au sud et au sud-ouest de Tolosa et dans le voisinage de Loyola et de l'Urola. La juridiction de l'Evêque de Bayonne y était, au commencement du XVIᵉ siècle encore, formellement reconnue, car c'est évidemment contre l'abus de certaines dîmes et contre les excommunications que protestent le seigneur de Lazcano et ses gens. D'où il est logique de conclure que jusque vers 1566 la limite du diocèse de Bayonne de ce côté était bien l'Urola.

Pour arriver toutefois à une certitude complète en cette curieuse question de l'étendue du diocèse de Bayonne en Guipuzcoa avant le bref de saint Pie V, il faudrait voir si dans les archives de nos voisins, et surtout dans le riche dépôt de Pampe-

---

(1) Écrit en 1625, é lité en 1850 à Saint-Sébastien (Ramon Baroja, in-4).

lune, à Irun, à Passages, peut-être à Tolosa, ou dans quelqu'une des huit paroisses mentionnées ci-haut, il n'y a pas d'autre document. En tout cas nous trouvons dans les archives mêmes du diocèse de Bayonne mainte preuve que jamais nos évêques n'ont accepté les conséquences du bref de saint Pie V.

Dès l'année 1573 l'évêque de Bayonne, Jean de Sossiondo, reproduit dans un acte solennel le témoignage des chanoines et prêtres de son Eglise, affirmant sous serment que de tout temps (*ab omni ævo*) la province de Guipuzcoa a été sous la juridiction de l'Evêque de Bayonne et a payé les dîmes, notamment aux prédécesseurs immédiats de Sossiondo lui-même — de 1489 à 1561 — Jean de la Barrière, Bertrand de Lahet, Hector de Rochefort, Jean de Bellay, Etienne de Poncher, Jean de Moustiers (1).

Au commencement du XVIIIᵉ siècle, René-François de Beauveau, qui fut évêque de Bayonne de 1700 à 1707, adresse au Roi deux requêtes demandant la restitution de la partie espagnole de son diocèse, et les arguments invoqués sont des plus curieux : le Bref du Pape Pie V de 1566 n'a été connu que deux ans plus tard, alors que la guerre avait éclaté entre la France et l'Espagne. M. de Thou l'a considéré comme une injure au nom français et une atteinte aux prérogatives de l'Eglise gallicane. Ce Bref n'a plus de raison d'être aujourd'hui que l'hérésie de Calvin est éteinte en France. Le Concile de Constance (sess. 31), au début du XVᵉ siècle, établit formellement que l'Evêque de Bayonne exerce la juridiction spirituelle dans les royaumes de France, Castille et Navarre. Dans l'une de ces requêtes il est dit que le diocèse contient, « outre le païs de Labourd et une « partie de la Navarre française, plusieurs vallées

(1) *Arch. dép. des B.-Pyr.* G. 100.

« de la Navarre espagnole et cest espace de coste
« depuis la rivière de Bidassoa qui fait aujourd'hui
« la séparation des deux royaumes jusqu'au delà
« du port du Passage et aux portes presque de
« Saint-Sébastien qu'on prétend estre de la pro-
« vince de Guipuzcoa en Espagne » (1).

Enfin, et pour conclure jusqu'à nouvel ordre,
les églises de l'archiprêtré de Fontarabie aussi bien
que celles des vallées de la Haute-Navarre, ont
continué de payer les dîmes accoutumées à l'Evêché de Bayonne, malgré les prétentions et protes-
tation des Evêques de Pampelune et des chanoi-
noines de Roncevaux, jusqu'au 12 février 1712. A
cette date, un acte d'échange fut passé entre
l'Evêque et les chanoines de Bayonne, d'une part,
l'abbé et les chanoines de Roncevaux, de l'autre,
et désormais les églises d'Espagne payèrent les
dîmes à Roncevaux tandis que certaines églises de
Béarn, Soule et Basse-Navarre (Saint-Jean-le-Vieux,
Uhart, Bonloc, Bidarray, etc.) les payèrent à
l'Evêque de Bayonne. Cet accord fut ratifié par
les rois de France et d'Espagne, et confirmé le
23 décembre 1712 par le pape Clément XI.

Mais il est à remarquer que deux chanoines
bayonnais, Messieurs Haramboure et Dubrocq,
protestèrent contre cet échange, qu'ils trouvaient
ruineux pour le chapitre, et que dans l'acte même
l'Evêque de Bayonne stipula que l'échange est
fait « sans préjudice néanmoins de la juridiction
« spirituelle de M. l'Evêque de Bayonne esdits
« lieux qu'il n'entend et ne peut aliéner ni échan-
« ger en quelque façon et manière que ce soit(2). »

(2) *Arch. dép. des B.-Pyr.* G. 3.

(2) *Arch. dép. des B.-Pyr.* G. 227. Cité *in extenso* dans
la *Commanderie de l'Hôpital d'Ordiarp.* par M. l'abbé V.
Dubarat. Pau, Ribaut, 1887, p. 94-282. Tous nos remerciements à M. l'abbé Dubarat, qui, outre cette dernière indication, a bien voulu nous faire part des curieux documents des archives départementales cités plus haut.

VI

LA PROCESSION DU VENDREDI SAINT

à Fontarabie et à Irun

———⊸⊸⊷⊶⊷⊶———

Nous avions quelque remords de quitter Bayonne en vendredi saint, et de n'assister ni au chemin
de Croix ni au sermon de la Passion dans notre
belle cathédrale; mais nos amis nous avaient
parlé avec un si pieux enthousiasme de la procession des funérailles du Christ à Fontarabie que
nous prenions le train de midi 45 en nombreuse
et honorable compagnie; à Bayonne et à Saint-
Jean-de-Luz bon nombre d'excellents catholiques avaient eu la même pieuse pensée, sans
compter de nombreux touristes plus ou moins
profanes, voire même des artistes en retraite, mais
qui, la plupart, devaient rapporter de ce pèlerinage les plus saines impressions... Tant il est vrai
que la religion catholique est la plus pure et la
plus idéale des inspirations de l'art vrai.

Le ciel était sombre, des nuages bas et gris voi-
laient la Rhune, les Trois-Couronnes et la cime
du Jaizquibel, quand à 2 heures 20 nous descen-
dions à Irun : de nombreuses voitures de toute
forme encombraient les abords de la gare, *cestas,*
omnibus, landaux et breacks; mais nous eûmes
bientôt fait de prendre à pied modestement le
chemin large, très bien entretenu, qui relie Irun
et Fontarabie ; à notre droite s'étendaient les rives
de la Bidassoa grises et mornes, et qui, dans
quelques mois, seront couvertes de hautes et
vertes tiges de maïs; au delà, les eaux bleues,
Hendaye et les coteaux de Béhobie et de Biriatou;

à notre gauche, les pentes du Jaizquibel et les premières maisons de Fontarabie, avec leurs toitures et leurs galeries branlantes. A moitié route, nous montons au vieux couvent des Capucins, restauré et habité par les Pères et frères espagnols qui évangélisèrent pendant de longues années, grâce au zèle intelligent d'un catholique bayonnais, M. Dubrocq, la banlieue de Lachepaillet et le Pignadar; aujourd'hui les Pères espagnols préparent des missionnaires pour les îles Carolines.

La chapelle de ce couvent est vaste et sévère, plus sévère encore au moment où nous y entrons, car il est 3 heures, et les Pères et frères font le chemin de croix à l'heure même où le Christ expira et où, dans une chambre française, les dignes fils de 93 votent la loi de spoliation contre les congrégations religieuses.

Nous reprenons notre route, et plus nombreux sont encore piétons et voitures : les maisons se suivent, et au bout de cette longue avenue nous laissons sur la gauche l'antique chapelle de *Santa Engracia* : bientôt apparaissent devant nous et un peu à droite les vieux murs, les maisons et l'élégant campanile de l'église de Fontarabie. Quelques paysans nous dépassent d'un pas pressé portant un cierge : nous laissons à notre gauche le grand jeu de pelote au pied des remparts et passons sous la porte dont l'écusson porte la fière devise : *Muy noble, muy leal, muy valerosa y muy siempre fiel ciudad de Fuenterabia.*

La *Calle Mayor* est pleine d'une foule d'étrangers qui sur les trottoirs, aux balcons et *miradores* des maisons, des *palacios* et de la *Casa consistorial*, et surtout aux abords de l'église, attendent la sortie de la procession. Quelques trop claires toilettes printanières et parisiennes font un peu tache; il y a aussi là quelques gros personnages officiels et officieux de notre monde opportuniste, dont la tenue est d'ailleurs absolument correcte. Mais ce n'est plus la foule bruyante et gaie qui au 8 septembre assistait à la fête de *Nuestra Señora de Guadalupe* : point de cris stridents, de guitares ni de *seguidillas,* point non plus de ciel bleu et d'éclatant soleil ; les nuages sont toujours bas et gris, et c'est à peine si de la *plaza de Armas* nous apercevons le Jaizquibel et la chapelle de Guadalupe à demi noyés dans la brume.

Sur la terrasse du *Castillo* flotte le drapeau espagnol à mi-hampe et en berne.

Dans l'église sombre et lugubre, pas une lumière : d'une voix calme et grave, un prêtre prêche la passion, et de temps en temps tout le monde se met à genoux et prie à demi-voix.

Peu à peu cependant nos yeux s'habituent à cette obscurité profonde, et nous distinguons, au dessus du maître-autel, un grand Christ se détachant sur les noires draperies tombant de la voûte et couvrant le vaste rétable ; à gauche, dans le chœur, est une *Mater Dolorosa,* et à ses pieds un groupe de petits enfants costumés en anges. Devant l'autel se tiennent, immobiles comme des statues, des hommes portant le costume de soldats romains et appuyés sur leur lance.

A la fin du sermon, le Christ est respectueusement détaché de la croix et porté par deux des prêtres officiants à la Mère des Douleurs que le prédicateur invoque, et avec lui tous les assistants à genoux. Cette prière, en un tel moment, est vraiment pathétique.

Il est quatre heures : la procession s'organise, pendant que le corps du Christ est mis dans un sépulcre de cristal ; et bientôt la tête du cortège se dessine au haut de la *Calle Mayor,* sortant de l'église, descendant à pas lents : toutes les têtes se découvrent, et dans cette foule, tout à l'heure un peu bruyante, un silence respectueux se fait : les deux longues files d'enfants, d'hommes, de jeunes

12

gens, marchent à pas comptés, tenant tous un cierge allumé et tous graves, un bon nombre égrenant leur chapelet. Entre ces files marchent d'abord les quatorze stations de la Voie douloureuse, seize jeunes gens en robe violette, pieds nus, le front ceint d'une corde tressée, portant une croix; au dernier rang le bon et le mauvais larrons, avec des croix plus courtes, accompagnent le Christ. Ce sont là, visiblement, ces pécheurs, ces publicains et tous ces misérables que le Christ est venu racheter; l'idée de les placer en tête est déjà bien belle, bien éloquente.

Viennent ensuite les *pasos* de la Passion : statues en bois de grandeur naturelle portées par les pénitents en robe et capuce brunes. *Sainte Véronique,* tenant le précieux voile où se grava la Sainte Face ensanglantée; le *Christ à Gethsémani* et l'*Ange* lui présentant le calice (*la Oracion del Huerto*); *le Christ portant la croix; Marie-Magdeleine* portant le vase de parfum, et *Jean, le disciple bien-aimé,* levant les yeux et les bras vers la croix. Toutes ces statues, magnifiquement drapées, sont admirables d'expression et de sentiment, mais entre toutes, le Christ et l'Ange au Jardin des Oliviers. A la suite, le *Christ au tombeau* est porté par les marins du *Tajo,* stationnaire ancré dans la Bidassoa : les marins marchent tête nue, le bonnet rejeté sur le dos, le fusil renversé, la crosse à l'épaule. Des soldats romains avec le casque, le bouclier rond et la courte épée leur font escorte.

Derrière eux viennent les enfants costumés en anges portant les clous, la lance, l'éponge, tous les instruments de la Passion; à leur tête marche fièrement l'archange saint Michel, marquant le pas, tenant sur son front l'épée nue.

La *Mère des Douleurs* est portée, à la suite du corps de son Fils, en robe de velours noir, le cœur percé des sept glaives, et ce dernier *paso* est d'une expression vraiment navrante.

La croix, la fanfare, un chœur d'enfants en surplis portant une barrette violette et chantant des motets d'une voix un peu nasillarde, précèdent le curé officiant et ses deux assistants, tous trois revêtus de superbes ornements noirs aux parements d'or, puis quelques prêtres et deux capucins.

A la suite du clergé marchent l'alcalde, la *vara* en main, et les membres de l'*Ayuntamiento*.

Puis viennent les dames et demoiselles, les femmes et filles du peuple, toutes en noir, en mantille ou en cape noire, presque toutes le *rosario* et le livre en main, lisant et priant.

Devant la *Casa consistorial*, à mi-côte à peu près de cette pittoresque *Calle Mayor*, le cortège s'arrête, et les enfants chantent un motet, puis la marche continue lente et grave ; de loin en loin la fanfare joue une marche lugubre ; au bas de la rue, la procession tourne à droite, longeant le chemin couvert des vieux remparts pour rentrer à l'église par une rue transversale et la *plaza des armas*.

Il est cinq heures, et nos amis nous entraînent vers les voitures pour regagner en hâte Irun : nous y arrivons au moment où la procession débouche sur la place du Marché.

Comme à Fontarabie les hommes, les enfants, tous un cierge à la main, marchent d'un pas lent et grave sur deux longues files : il y a bien là 2,000 à 3,000 personnes dont l'admirable tenue impose le respect aux plus indifférents. Mais l'ensemble de cette procession n'a point, il le faut avouer, l'aspect pittoresque et édifiant à la fois de celle que nous venons de voir : outre que les rues toutes modernes d'Irun paraissent plus banales encore en sortant de la *Calle Mayor* de Fontarabie, les *pasos* sont rares ici, et nous revoyons ces bannières qui se retrouvent partout : elles se suivent en tête du cortège au nombre de six ou huit, retraçant les épisodes de la Passion : un peu plus

loin un *paso* d'aspect assez banal et de grandeur
naturelle — *Jean le disciple bien-aimé* — est porté
par six hommes revêtus de robe et de capuce
brunes.

Un Christ au tombeau est porté par huit hommes tout de noir vêtus : devant le Christ des messieurs en habit noir portent des cierges, et l'un
d'eux, un large et haut drapeau noir. Des soldats
romains revêtus du même costume classique qu'à
Fontarabie, quatre *guardias civiles* (gendarmes)
en grande tenue, le fusil renversé, font escorte :
de loin en loin le groupe s'arrête, le drapeau noir
est agité à droite et à gauche en signe d'hommage
au Christ, puis posé à terre, et les porteurs le fou-
lant au pied poursuivent leur marche.

A la suite viennent l'archange saint Michel,
l'épée nue, et les huit ou dix petits anges portant
de minuscules instruments de la Passion ; puis
trois dames — les saintes femmes — toutes vêtues
de noir, à long voile et à longue traîne, tenant en
main de beaux mouchoirs brodés.

Viennent à leur suite les douze apôtres revêtus de robes de couleur diverses, portant chacun
le signe caractéristique de sa mission ou de son
martyre : saint Pierre avec les clefs, saint Jean
avec le calice, saint Paul avec l'épée, saint Tho-
mas avec l'équerre, saint Jacques avec le bourdon
de pèlerin et les autres. Ces douze hommes, à la
tête fière et sérieuse, au maintien grave et digne,
sont vraiment beaux à voir et disent bien l'ardente
et simple foi de ces Basques.

Un dernier *paso* — la *Mater Dolorosa*, — de
grandeur naturelle, mais d'une physionomie très
jeune, suit les apôtres : quatre hommes vêtus de
noir la portent respectueusement, et les gendarmes, le fusil renversé, lui font escorte.

Une excellente fanfare joue de loin en loin de
belles symphonies, entr'autres la *Marche funèbre*
de Chopin, mais sur un rythme un peu précipité
peut-être.

La croix, le clergé revêtu d'ornements noirs et quelques prêtres sont suivis de l'alcalde, la *vara* en main, des membres de l'ayuntamiento et des officiers de la garnison d'Irun un cierge à la main.

Un piquet de soldats en grande tenue, le fusil renversé, ferme le cortège précédé de tambours et de clairons dont les batteries sèches et rapides et les sonneries suraigus alternent avec la fanfare.

Un long cortège de dames et de femmes du peuple, toutes en noir, marche à la suite des soldats, et comme à Fontarabie dans le plus profond recueillement.

La procession remonte vers le haut de la grande rue et redescend à 6 heures par la *calle de la Iglesia*, toujours dans le plus grand ordre : sur ce long parcours tous les assistants se découvrent devant la croix et les saintes images, doublement impressionnés par la tenue grave de tous ces hommes et ce majestueux silence : comme à Fontarabie les cloches sont muettes, et seuls tambours, clairons et fanfare marquent de loin en loin la marche : c'est bien, pour les cœurs fidèles, *el santo entierro* du Christ, auquel demain répondra l'*Alleluia* de la Résurrection.

*
* *

A 6 heures et demie, nous nous embarquions derrière l'église : notre petite barque volait bientôt sur les eaux bleues de la Bidassoa doucement caressée par la brise du large et passait sous le pont international, longeant le minuscule stationnaire français le *Javelot;* devant nous, un peu à gauche, le clocher et le castillo de Fontarabie se dressaient fièrement, et au delà la frêle mâture de la canonnière espagnole *el Tajo*. A 7 h. 35 le train nous ramenait vers Bayonne.

Et sur la Bidassoa comme dans le train, comme dans le trajet rapide de Fontarabie à Irun, recueillant nos impressions et écoutant autour de nous les réflexions de nos amis et aussi des plus indifférents, et de ceux-là même qui de leur propre aveu n'étaient venu là contempler qu'un décor splendide et un intéressant spectacle, nous nous disions : Il y a vraiment bien autre chose ici pour le chrétien, et ce témoignage d'une foi simple et complète donné par les Basques espagnols demeurés fidèles à toutes leurs traditions est tout simplement admirable pour nous, chrétiens de France, qui nous laissons dominer et endoctriner depuis cent ans et plus par les sceptiques, les francs-maçons et les juifs. Assurément nos églises de village comme nos grandes cathédrales offrent, à cette heure même du vendredi saint, de puissants motifs d'espérer que la foi est vive et ardente en beaucoup de cœurs. Mais comme elle est plus éloquente et plus vive encore et plus expressive en ces cérémonies extérieures qu'une prétendue liberté de conscience ose interdire chez nous aux catholiques !

A Fontarabie, à Irun comme partout en Espagne, comme jadis, hélas ! autrefois en notre France, avec quelle joie contenue et quel respect les chrétiens de toutes les classes prennent part à ces manifestations où tous, grands et petits, riches et pauvres, ont une place marquée et jouent un rôle ! Quel vivant et intelligent commentaire de la Passion de notre Divin Maître que ces *Pasos* portés par les plus humbles et par les plus riches, ces costumes variés et significatifs, ces divers rôles acceptés avec toute l'humilité chrétienne par ces hommes, ces enfants et ces femmes ! C'est une leçon vivante que cet enterrement solennel du Christ, et il faut tout l'esprit sectaire ou naïvement hérétique de beaucoup de nos chrétiens de France pour trouver ridicules ces manifestations d'une foi simple et grandiose qui force tous les respects.

Ajoutons que les plus grands artistes espagnols,

Becerra, Alonso Cano, Montañes et autres, ont tenu à honneur de sculpter quelques-uns de ces *pasos*, qui sont tout simplement des chefs-d'œuvre, notamment les *pasos* de Valladolid et de Séville, alors que nos artistes français, après la trop fameuse Renaissance, en sont encore à bâtir des Apollon, des Nymphes et autres Naïades...

Plaise à Dieu qu'au lendemain de toutes les mutilations que le culte public a subies en France, sans doute à cause de nos tristes apostasies, nos fils aient un jour la joie de proclamer bien haut, en ce grand jour du vendredi saint, leur foi au Christ et de marcher publiquement, comme les chrétiens de Fontarabie et d'Irun, à la suite des saintes femmes et des apôtres pleurant leur Maître bien-aimé, pour chanter demain *Alleluia* au Crucifié ressuscité et triomphant !

———

Quelques jours après notre retour de Fontarabie, nous trouvions dans une très intéressante et piquante étude sur le Padre de Isla, l'auteur du fameux *Fray Gerundio* et l'un des meilleurs prédicateurs espagnols du dernier siècle, un tableau tellement animé et vivant de cette belle cérémonie du vendredi saint dans les églises d'Espagne, que nous ne résistons pas au plaisir de le donner à nos lecteurs. L'auteur parle évidemment de ce qu'il a vu, et, après avoir finement analysé quelques-uns des nombreux sermons du savant Jésuite, il arrive à la Semaine Sainte :

« Le discours sur la Passion est le type de ces sermons de missionnaire, d'un cachet très national, et dont on ne saurait méconnaître la beauté. Pour le comprendre, il faut le placer dans son milieu et l'entourer de sa mise en scène. Le vendredi saint, dans l'église en deuil, en face du tabernacle vide et entr'ouvert, le prédicateur est en chaire. Derrière lui sont préparés sur des brancards sept ou huit groupes plastiques qui représentent les principales scènes de la Passion du Christ : ce sont des statues habillées et peintes, parlant aux regards du peuple, et qui parfois, dans leur naïveté touchante, laissent deviner la main d'un artiste ignoré : la séparation de Jésus et de sa mère, l'agonie au jardin, la trahison de Judas, le soufflet, la flagellation, le crucifiement, la *Mater dolorosa*... Chaque groupe, à son tour, porté par des pénitents, apparaît aux yeux des fidèles et s'arrête devant la chaire. Le prédicateur explique au peuple la scène qu'il a sous les yeux et lui suggère les sentiments qu'elle inspire ; puis le groupe passe et va se ranger dans le sanctuaire faisant place au suivant : c'est le sermon des passages ou des pas du Seigneur (*pasos*).

« Rien de plus simple, mais rien de plus émouvant que ces discours en action, sorte de reste des drames liturgiques, où l'orateur joue en quelque façon le rôle du chœur dans la tragédie grecque, et commente la moralité du drame divin.

« Ce qu'il faut renoncer à dépeindre, c'est l'émotion, les cris, les sanglots, les acclamations de la multitude, quand la voix de l'orateur sait, comme celle du P. de Isla, animer toutes ces tristes représentations. La foule répond à ses questions, répète ses prières ; elle choisit à son tour entre Jésus et Barabbas ; elle se jette au devant du soufflet dont un soldat menace le visage du Sauveur. A la fin, quand il faut gravir le Calvaire, l'orateur couronne sa tête d'une couronne d'épines, se passe une corde au cou et accompagne ainsi le cortège.

« Dans cette animation continue, le P. de Isla sait éviter la vulgarité et le faux pathétique, rencontrer la note de la vraie passion, ménager et conduire jusqu'à des résolutions efficaces les mouvements si variés... (1) »

Ce vivant tableau rappellera sans doute aux Bayonnais une scène semblable et toute édifiante qu'à l'époque de la dernière guerre carliste, en 1874 ou 1875, les nombreux réfugiés nous donnèrent à la cathédrale : si nous avons bonne mémoire, les *Sept paroles du Christ*, de Haydn, furent exécutées par un groupe de jeunes artistes castillans dans une après-midi de vendredi saint, et entre chaque parole, un éloquent prédicateur dévelopait un éloquent et pathétique commentaire. Mais comme les Espagnols regrettaient, malgré toutes les beautés architecturales de Notre-Dame de Bayonne, les *Mater Dolorosa* et les *Nazareno* qui donnent à ces belles prédications tant de vérité et d'animation !

P. S. — Nous devons, en finissant, des remerciements à MM. Victor Duhart, secrétaire de la mairie de Saint-Jean-de-Luz, et Pochelou, gérant du vaillant journal *Eskualduna*, qui nous ont donné de précieux renseignements complémentaires sur les fêtes d'août ; à nos amis d'outremonts, et particulièrement à MM. Angel-Antonio Arrese, d'Azpeitia ; Antonio Arzac, directeur de l'*Euskal-Erria* de Saint-Sébastien, et Guillermo

(1) P. Bernard Gaudeau, S. J. : *Les Prêcheurs burlesques en Espagne au XVIIIe siècle. Etude sur le P. Isla.* — Paris, Retaux-Bray, 1891, in-8.

13

Iguaran, de Irun, qui nous ont permis de préciser et de compléter certains souvenirs ; et enfin à l'aimable poète basque hors concours *Zalduby*, qui a bien voulu traduire, de sa fidèle et élégante plume, les poésies couronnées : heureux sommes-nous de remercier tous ces amis dévoués de notre vaillant Pays Basque !

TABLE DES MATIÈRES

—

Bayonne. — Imp. Lasserre, 20, rue Gambetta.